Adieu, la compagnie

Sarah Lyons Fleming

Adieu, la compagnie

Livre 1.5

Traduction française: Marie le Men

Podium

Adieu, la compagnie - Livre 1.5

Traduit par Marie Le Men

Titre Original *So long, Lollipops*

Language Originale: Anglais

ISBN: 978-1-0394-6124-6

1ère édition

www.podiumentertainment.com

Podium

Je dédie ce court roman à tous les lecteurs qui m'ont fait
savoir à quel point ils avaient aimé suivre les aventures de
Cassie et Cie dans *Jusqu'à la fin du monde*.
Vos messages m'ont beaucoup touchée.
Et à mes parents, qui m'ont toujours félicitée
pour mon grain de folie.

Adieu, la compagnie

CHAPITRE 1

REGARDER LA CAMIONNETTE s'éloigner n'était pas le plus judicieux étant donné les circonstances, à savoir une mer de zombies attroupée à ses pieds, attendant qu'il tombe de la benne à ordures sur laquelle il était perché en équilibre instable. Cela étant dit, Peter était conscient qu'il allait tôt ou tard y passer. Et comme il n'avait plus que quelques heures, quelques minutes à vivre, il voulait savourer ses derniers instants de bonheur. Ou de ce qui s'en approche, quand on est cerné de zombies.

Le plus fou, c'est qu'il *se sentait réellement* heureux, ce qui était fort surprenant, pour quelqu'un qui avait passé plus de la moitié de sa vie à être malheureux. À vrai dire, les dix-huit dernières années avaient été misérables, jusqu'à ce que des inconnus décident de le tirer de ce bourbier. Et à présent, il regardait ces gens qui lui avaient sauvé la vie sauter le trottoir et courir hors du parking, il débordait de joie de savoir qu'il les avait sauvés à son tour.

À la minute où John les avait tous attirés dans la ruelle derrière les bennes à ordures, hors de vue des Lexers, il avait compris la situation : personne n'allait s'en tirer, à moins qu'une personne ne se dévoue pour faire diversion. Bits était assise entre Penny et Ana, son petit visage rond était tout blanc, son regard bleu, frénétique. Elle l'interrogeait du regard comme s'il détenait la réponse – à la façon dont une fillette regarde son père, convaincue qu'il ne la laissera jamais tomber.

Et même s'il le savait déjà, il s'était rendu compte à cet instant précis qu'il était ce que cette gamine avait de plus proche d'un père. Il lui avait tenu la main lorsqu'elle se réveillait la nuit, en proie aux cauchemars. Il l'avait câlinée, cajolée, et avait donné des surnoms à toutes ses taches de rousseur. Il l'aimait tellement, cette gamine, que lorsqu'il imaginait la vie sans elle, il avait l'impression de

7

contempler un trou noir. Un trou noir qui aspire toute la lumière de l'espace qui l'entoure. Voilà exactement ce qui se produirait si Bits disparaissait. Il était sûr que Cassie comprenait tout ça. Si lui était son père, alors Cassie était sa mère. Et tant que Bits était avec elle, il n'avait pas à s'inquiéter.

C'était ce qui l'avait décidé à risquer sa vie. Quelques mois auparavant, peut-être, il aurait hésité. Pesé le pour et le contre. Passé un marché. Il avait toujours eu le sens des affaires, il avait passé des années à négocier, après avoir étudié le commerce à Harvard. Cette fois, il n'y avait rien à négocier dans cette histoire. C'en était presque agréable. Sa résolution se dessinait clairement, avec une volonté si puissante qu'elle en était indolore.

Il ne la regrettait pas tandis même que des mains déchiquetées et cadavériques tâtonnaient la surface de la benne, à quelques centimètres à peine de ses bottes. Le boucan qu'ils faisaient en attirait d'autres dans l'allée. Des Lexers s'agglutinaient aussi de l'autre côté de la clôture, par laquelle tous les autres s'étaient échappés, et ils secouaient bruyamment le grillage maintenant que la seule famille qu'il lui restait avait pris la fuite.

Aussi facile qu'avait été sa décision, il avait peur. Vraiment peur. La poignée de sa machette, couverte de sueur, lui glissait des mains. Il envisagea une seconde de remettre ses gants, avant de se raviser. À quoi bon ? Il s'avança vers la mêlée et planta sa lame au milieu d'un crâne. Un de moins, c'était toujours ça. Mais ils étaient si nombreux autour de lui. Et ce n'était que le début, peu importe combien il parviendrait à en achever, il ne pourrait pas gagner la bataille. La question était plutôt de savoir combien de temps il comptait vivre.

Hors de question de les laisser remporter le combat si facilement. Il avait décidé qu'au moment venu, s'il était trop épuisé pour rester debout, s'ils se rapprochaient trop près, ou si un grand type ex-basketteur parvenait à le saisir par la cheville, il s'achèverait lui-même en se tirant une balle dans la bouche. Ne pas laisser son cerveau intact, car il deviendrait comme eux, et ça, ça ne devait jamais arriver.

Les bennes à ordures formaient une sorte de plate-forme de deux mètres carré environ. Derrière lui se trouvait le mur de briques du bâtiment, et sur les autres côtés… une marée montante de zombies. Il enfonça sa machette dans un cou, puis dans une oreille. Toutes ces journées à creuser des tranchées et à couper du bois avaient rendu ses bras infatigables. Il aurait pu continuer pendant des heures. Et c'était ce qu'il avait décidé de faire. Il se battrait jusqu'à ce qu'il lui reste juste assez de force pour appuyer sur la détente et tirer sa dernière balle, celle qui lui était destinée. Il gloussa nerveusement, non pas que l'idée lui parût drôle, mais peut-être avait-il tout bonnement perdu la tête.

« Vous ne m'en voudrez pas trop de rire, lança-t-il à la masse sifflante. Vous me comprenez, bande d'enfoirés ? »

C'était tellement bon de jurer allègrement. Les jurons, ça attise la rogne. Et la rogne donne de la force. La machette fendit de nouveau l'air, tandis qu'il se penchait en avant. Des gémissements résonnaient de part et d'autre de l'allée, gagnée peu à peu par une odeur de putréfaction.

De fait, s'il continuait à les abattre un à un, une pile énorme allait se former jusqu'à ériger un escalier qui permettrait à ceux qui se trouvaient à l'arrière de l'atteindre. La seule alternative était de les regarder jusqu'à ce qu'il n'en puisse plus, avant de se faire sauter la cervelle. Pour chaque Lexer éliminé, c'était un monstre de moins dans ce bas monde, et une menace de moins pour Bits. L'idée lui plut, et il continua de se battre.

Il y avait une vieille dame de l'autre côté de la benne à ordures. Son visage était creusé de rides profondes, aux renflements gris veinés de noir. Elle lui rappelait sa grand-mère, qui avait été une belle garce. Après la mort de ses parents et de Jane, c'était elle qui l'avait élevé, de la même manière qu'elle avait élevé son père. Il avait déduit au très faible nombre de visites qu'ils avaient rendues à sa grand-mère qu'elle n'était pas la mère de l'année.

« Ils sont morts, Peter, lui disait-elle. Ça ne sert à rien d'en reparler. »

Il avait donc appris à garder son deuil pour lui. Un jour, il avait essayé de parler de Jane et du fait qu'elle n'était pas morte immédiatement dans l'accident, qu'elle avait été piégée dans l'incendie. Chaque nuit, dans ses rêves, il assistait impuissant à sa mort, tandis qu'elle le suppliait de l'aider, de défaire sa ceinture de sécurité. Juste un petit clic, et elle serait libre. Ce jour-là, il n'était pas dans la voiture parce qu'il n'avait pas voulu les accompagner, être vu en train de traîner avec sa sœur de neuf ans par ses amis de douze ans. *Ou pire, être vu par une fille* de son âge.

Il avait besoin qu'on lui dise qu'il n'y était pour rien.

Mais sa grand-mère l'avait vite coupé dans ses aveux.

« Tu avais pris ta décision, Peter. Nos choix ont des conséquences. »

Il avait pris ses mots à cœur. Il recherchait l'absolution, il avait obtenu la confirmation de sa faute.

Il fit deux pas vers la jointure des deux bennes à ordures et donna un coup fatal à la vieille dame. *Et cette décision, qu'est-ce que tu en penses ?* Il se sentit tout de suite mieux, comme s'il avait économisé des années de thérapie avec un coup de machette.

« Hé ! Par ici ! » lança une voix.

Il crut un instant avoir perdu la raison. Voilà qu'il entendait des voix. De vraies voix humaines, pas des gémissements ou des sifflements.

« Par ici ! Regarde en haut ! »

La voix insistait au-dessus de sa tête, couvrant les doux gémissements des Lexers. Il valait mieux lever les yeux, vérifier qu'il n'était pas fou. S'il ne voyait rien, alors il recommencerait à tuer autant de Lexers que possible, avant de mettre fin à tout ça. Il s'appuya contre le mur, aussi loin que possible de leur portée, et leva les yeux au ciel. Un visage était penché vers lui à la fenêtre du deuxième étage. Peter avait du mal à distinguer ses traits, mais cela ressemblait à une adolescente.

« Attendez. Je jette une échelle ! » cria-t-elle.

Ce retournement de situation ne faisait pas partie de son plan, mais il était bienvenu tout de même. Il lui fallait reconnaître que sa stratégie avait été particulièrement foireuse jusqu'ici.

L'ado réapparut en criant :

« Attention à votre tête ! »

Peter aperçut un éclair de cheveux blonds, et les bras s'agitèrent pour fixer une échelle de secours au rebord de la fenêtre. L'échelle roula lourdement vers lui, ses chaînes qui retenaient les échelons métalliques claquant et tintant dans l'air. La benne l'élevait à un bon mètre cinquante du sol, et la partie inférieure de l'échelle vint claquer à ses pieds dans un bruit sourd. Peter n'en crut pas ses yeux. Un retournement inespéré.

La tête blonde se pencha vers lui.

« C'est bien attaché, montez ! »

Une main rampa sur sa botte et le tira de sa stupeur. D'un coup sec, il planta sa machette dans le poignet et repoussa du pied la main sectionnée. Puis il passa sa machette et son sac à dos derrière son épaule et se mit à grimper. L'échelle oscillait et grinçait tandis qu'il s'approchait de la fenêtre, et que sous lui la chorale de geignements atteignait un crescendo, dans une sorte de plainte douloureuse.

Il risqua un regard vers la foule de morts-vivants et marmonna :

« Adieu la compagnie. »

Il planta fermement sa botte sur le rebord de la fenêtre, avant de se retrouver dans un petit bureau. La jeune fille se tenait près de la porte, devant deux bureaux et quelques classeurs. Elle avait environ seize ans. Des cheveux blonds jusqu'au menton. Un tout petit nez. Des yeux immenses et la bouche en bouton de rose. On aurait dit un petit lutin. Elle souriait, tout en pointant très sérieusement un pistolet vers lui.

« "Adieu la compagnie" ? répéta-t-elle en penchant la tête. C'est bien ce que tu viens de leur crier ? »

Les yeux rivés sur l'arme, Peter réfléchit à sa réponse. Cette gamine avait beau être un microbe, elle avait l'air de savoir se servir d'une arme à feu.

« C'est un truc que je dis à ma… petite fille. Une version polie pour "Adieu les cons".

— La petite fille de tout à l'heure, celle qui a franchi la clôture ? C'est ta fille ?

— En quelque sorte.

— Adieu la compagnie, dit-elle encore, laissant échapper un petit rire. C'est rigolo. Bon, tu m'as l'air d'un brave gars, dans le fond. Après tout, tu t'es sacrifié pour sauver tes amis. Mais vaudrait mieux quand même que tu déposes les armes. »

Peter tira le pistolet de son étui et le posa lentement sur le bureau, ainsi que la machette, avant de faire un pas en arrière.

« Je m'appelle Peter. Peter Spencer. »

Elle n'avait pas l'air particulièrement effrayée, mais il se dit que des présentations pourraient briser la glace. Ou du moins, l'inciter à pointer cette arme ailleurs que dans sa direction.

Elle acquiesça.

« Nathalie. Nat pour les intimes.

— Merci, Nat, de m'avoir envoyé l'échelle. On ne savait pas qu'il y avait quelqu'un dans ce bâtiment. »

Il lui sourit, sur quoi elle lui retourna un éclat de minuscules dents blanches.

« Ouais, eh bien, je me suis dit que je ne pouvais pas te laisser mourir après ton spectacle de martyr. En revanche, mon père et mon oncle vont me trucider en te voyant ici.

— Ils sont là ?

— Non, ils sont allés chercher des affaires. Ils retapent un endroit. On se planque ici pour l'instant, parce que c'est haut perché. »

Elle avait toujours le doigt sur la détente, mais avait laissé retomber le pistolet vers le sol. Tordant la bouche en biais, elle le toisa de bas en haut.

« Bon, Peter, j'espère que tu ne vas pas essayer de m'agresser sexuellement ou un truc du genre ?

— Jamais de la vie ! »

Il fallait que le monde soit un bel enfer, pour qu'une enfant pose ce genre de questions. Il rouvrit la bouche, mais il ne vit pas quoi rajouter.

« Bon, c'est ce que je me disais, conclut Nathalie en gesticulant avec son arme et haussant les épaules. Mais mieux vaut mettre les choses au clair, parfois. Prends tes affaires. On va monter au troisième. »

Il la suivit dans un couloir tapissé d'une vilaine moquette brune. On entendait des bruits de pas provenant du restaurant en contrebas. Tous ces Lexers étaient encore dans le bâtiment. Et ils allaient sans doute y rester indéfiniment, puisqu'ils étaient trop demeurés pour retrouver le chemin de la porte qu'ils avaient eux-mêmes défoncée.

Nathalie ouvrit la porte d'un escalier étroit et lui fit signe d'avancer. Peter la trouva un peu trop confiante de le laisser la suivre d'aussi près et de le croire sur parole. Il voulut lui en faire la remarque, mais il sentit que cette fois, il valait mieux se taire. L'escalier en bois déboucha sur un espace ouvert qui courait le long du bâtiment. Deux lits occupaient un coin, et un troisième était placé en solitaire de l'autre côté de la pièce. Ce dernier, couvert d'un édredon bariolé et flanqué d'une pile de livres pour ados, ne laissait aucun doute sur l'identité de son occupante, bien que Peter se soit senti toujours suffisamment en phase avec cet âge ingrat pour ne pas avoir besoin de tant d'indices. Pas question de dormir près de son père ou de son oncle, à cet âge-là. Qu'on y soit en sécurité ou non.

Il y avait aussi un canapé et une table basse. Une table et des chaises près des fenêtres donnant sur la rue. Une table pliante et une étagère sur lesquelles trônaient un réchaud de camping, des paquets de nourriture et des boîtes de conserve, un assortiment de pots et de cruches.

Un talkie-walkie était posé au bord de la table. La voix qui en sortait était agitée et anxieuse.

« Nat ! Nathalie ! Est-ce que ça va ? Réponds-moi, enfin ! »

Nat se jeta sur la radio.

« Pardon, papa. J'étais au deuxième étage.

— Je suis avec Rich, on voit la meute en bas. Qu'est-ce qui se passe ? »

Sa voix était moins frénétique, bien que toujours inquiète.

Nathalie s'assit sur une chaise et croisa les jambes. Son pied se balançait, comme si elle était au téléphone avec un ami.

« Il y avait des gens en bas. Ça a attiré les zombies.

— Que leur est-il arrivé ? Tu as vu ? »

Nat tourna les yeux vers Peter.

« Ils se sont enfuis par-derrière. Mais l'un d'eux est resté coincé. »

Sa voix se fit douce et aiguë.

« Papa, tu peux me promettre de ne pas te mettre en colère ?

— Vas-y, crache le morceau.

— Je lui ai lancé l'échelle, et il est ici avec moi.

— *Il est* là-haut ? Nathalie, qu'est-ce que tu me racontes ? »

Il sembla sur le point de lui passer un savon, puis émit un long soupir.

« Bon. Passe-le-moi. »

Nat tendit la radio à Peter avec un petit sourire. *Elle* n'avait peut-être pas peur de son père, mais Peter savait qu'il avait intérêt à se montrer rassurant.

« Bonjour ? dit Peter.

— Vous êtes qui ?

— Peter. Peter Spencer.

— Peter, on va essayer de les éloigner un maximum pour pouvoir remonter ici. Mais je te préviens, mon gars, si tu touches à un cheveu de ma fille, s'il lui arrive quoi que ce soit, on n'hésitera pas à te liquider. Tu me reçois ? »

Nathalie roula des yeux et lui chuchota :

« Réponds-lui juste "oui, monsieur".

— Oui, monsieur », dit Peter.

Il en avait connu, des situations étranges, ces derniers mois, mais être menacé de mort à la radio par le père d'une ado qui venait de lui sauver la vie frôlait le délire.

« Je ne lui ferai aucun mal. Elle m'a sauvé la vie, vous savez.

— Vous n'avez pas intérêt, en effet. Repassez-moi Nat.

— Coucou, papa, dit-elle. Qu'est-ce que vous allez faire, du coup ? »

Jusqu'à présent, Peter avait trouvé son attitude envers lui quelque peu désinvolte, lui un inconnu, et par rapport au fait qu'il y avait des centaines de Lexers rassemblés sous ses fenêtres, mais elle semblait dorénavant mesurer le danger.

« Rich va les éloigner, il reviendra vite quand il sera assez loin. J'y serai dans quelques instants. Ne bouge pas.

— D'accord. »

Peter la suivit jusqu'à une fenêtre et vit un véhicule arriver au coin de la rue. Un gros pick-up, avec le drapeau américain en décalco sur la lunette arrière et des jantes chromées. Le véhicule s'arrêta juste au coin du bar, les fenêtres s'abaissèrent et de la musique en sortit. Pas le genre de musique que Peter aurait associée à ce genre de quatre-quatre. Ce n'était pas du rock ou de la country qui retentissait à plein volume, mais de la musique classique, résonnant, légère, entre les immeubles de ciment et de briques.

Il connaissait ce morceau. Non seulement sa grand-mère lui avait fait prendre des cours de ballet, mais elle avait aussi tenu à ce qu'il aille dans les musées et à l'orchestre symphonique. Il s'agissait du *Requiem* de Verdi. Et quel que soit l'orchestre qui le jouait, il y allait bon train. Les timbales tintaient, les instruments à cordes vibraient à fond, et le chœur se donnait autant. « Délivre-moi, Seigneur, du repos éternel… » Peter se souvint de ces paroles qui venaient à la fin. Des mots de circonstance.

Les Lexers du bar se précipitèrent vers la musique. Comme ils avaient presque encerclé le véhicule, celui-ci avança encore d'un demi-pâté de maisons avant de marquer un nouvel arrêt. Il continua ainsi jusqu'à ce qu'une marée de zombies le suive au détour de la rue, hors de vue.

« Mon oncle Rich, c'est un peu le joueur de flûte de Bennington », décréta fièrement Nat.

Peter vit alors une autre camionnette s'arrêter sur le trottoir. Une silhouette imposante en sortit et disparut rapidement dans leur immeuble. Les pas résonnaient dans l'escalier. Peter eut le réflexe de retirer rapidement son arme pour la poser sur la table et de s'écarter davantage de Nathalie.

Le grand type fit alors irruption dans l'appartement. Nathalie s'avança et enroula ses bras autour de lui.

« Papa, voilà Peter. Je suis désolée, je sais que tu as dit de ne jamais me mêler des affaires des autres, mais il allait se faire tuer… »

Il tendit la main qui ne tenait pas de pistolet vers Peter. Il ne ressemblait en rien à son petit elfe de fille. Il avait la mâchoire carrée, des joues rouges, des cheveux bruns courts et une barbe. Le seul détail remarquable était un regard bleu glacier qui paraissait presque amical quand il ne vous fixait pas intensément.

Il leva le menton.

« Je veux bien entendre ce qu'il a à dire. »

Une question assez ouverte pour décontenancer Peter. Par où commencer ? Quel détail de sa mésaventure fallait-il mettre en avant ? Sans doute le fait qu'il n'avait pas l'intention de s'attarder par ici ni de consommer leurs précieuses réserves.

« Avec mes amis, nous étions en route vers une zone sécurisée dans le Vermont. Kingdom Come. Et puis, on s'est retrouvés piégés en bas, dans le pub puis dans la ruelle. Je suis resté derrière pour aider mes amis à s'échapper. Sans le secours de votre fille, je serais mort. Maintenant, je veux juste reprendre la route, les rejoindre. »

Le type ne répondit rien, il retira sa veste de flanelle, révélant un torse musclé et un autre grand pistolet. Il pointa son arme vers la porte.

« Eh bien, je ne vous retiens pas. Je suis ravi que…

— Mais papa ! hurla Nathalie en tapant du pied. Tu sais très bien qu'ils sont toujours là, à l'arrière. Certains sont sûrement revenus dans la rue. Peter a une petite fille, tu sais. Elle a pu s'échapper avec les autres grâce à lui. Tu devrais avoir honte de le jeter aux lions comme ça ! »

Le grand type inspira un bon coup, les narines dilatées.

« C'est vrai, tout ça ? »

Peter hocha la tête et retint son souffle. Il ne tenait pas particulièrement à s'attarder là où il n'était pas le bienvenu, mais sans véhicule, il ne survivrait pas longtemps dans cette rue infestée de toutes parts. L'homme baissa son arme et échangea un regard avec Nathalie.

« Tu dis toujours que je suis forte pour comprendre la personnalité des gens, déclara Nathalie, avec de grands yeux écarquillés qui commençaient à se remplir de larmes. J'ai tout vu, moi. Il s'est sacrifié pour eux. Il allait mourir, nom d'un chien ! Papa, toi aussi, tu ferais ça pour moi. »

L'expression du père s'adoucit. Elle était en train de le manipuler, tout comme Bits le faisait avec Peter quand elle voulait qu'il lui donne une sucrerie de plus ou qu'il lui lise un autre chapitre. Certes, Nat disait la vérité, mais avec habileté, gagnant en quelques minutes la confiance de son père, ce qui aurait pris des jours à Peter. Il était incapable de résister à Bits quand elle ouvrait grand les yeux et que ses lèvres tremblotaient. Le plus fort, c'est qu'il ne se souciait même plus d'être dupe.

« Prends-lui ses armes », ordonna le père, et Nat se précipita pour prendre le pistolet et la machette sur la table. Ayant tourné le dos à son père, elle fit un clin d'œil à Peter. Cette gamine était tordante, pour reprendre l'expression favorite de Nelly.

« Moi, c'est Chuck », fit l'homme avant de rengainer son arme et de lui tendre une main calleuse, couverte de terre et de graisse. « Nous allons confisquer ces armes pour l'instant. Cet après-midi, je verrai comment t'aider à sortir d'ici. »

Peter réalisa que sa propre main n'était pas beaucoup plus propre que celle de Chuck. Celui-ci eut l'air d'y lire le signe d'un travail acharné et lui fit un petit signe de tête qui, à défaut d'être amical, témoignait d'un certain respect.

« J'apprécie ton aide, Chuck, répondit Peter.

— En attendant, assieds-toi et mets-toi à l'aise. Il n'y a pas grand-chose à faire avant le retour de Rich. »

Peter retira son tee-shirt et s'assit à table. Nathalie se hissa sur une chaise face à lui et se mit à s'éventer avec un vieux magazine. Il faisait lourd dans cet appartement. Et il avait besoin d'aller aux toilettes assez rapidement.

« Euh, Chuck… » fit-il. Chuck leva les yeux du pistolet qu'il rechargeait en munitions. Peter était à peu près sûr qu'ils avaient déjà été chargés et que ce spectacle visait surtout à l'intimider. « Où se trouve votre salle de bains ?

— Je l'emmène, lança Nat en sautant de sa chaise et faisant signe à Peter de se lever. »

Chuck la repoussa vers son siège.

« Non, je m'en occupe. »

Il fit descendre Peter au deuxième étage et ouvrit une porte au bout du palier. Peter se rendit compte qu'ils se trouvaient au deuxième étage de l'immeuble attenant. L'appartement était presque vide, et c'était probablement de là que venaient la plupart des meubles et des affaires avec lesquels ils avaient aménagé leur espace au-dessus. Peter ouvrit la porte que Chuck lui indiquait et découvrit une vraie salle de bains à l'ancienne.

« Ça a l'air sympa, au premier abord, mais regarde de plus près », commenta Chuck. Peter se dirigea vers la cuvette de toilettes et souleva le couvercle. Le fond avait été percé d'un large trou et le siège avait été posé sur un orifice dans le carrelage. Toutes sortes de détritus avaient dû être jetés ainsi à l'étage inférieur, plongé dans l'obscurité. Et ça ne sentait pas la rose, bien sûr, mais c'était assez ingénieux.

« Nous avons ouvert grand les fenêtres en dessous, il n'y a donc pas d'accumulation de gaz. On n'a pas besoin de faire exploser la boutique, pas vrai ? expliqua sobrement Chuck. Sur ce, je te laisse à tes petites affaires, j'attends dehors. »

Quand Peter sortit des toilettes, Chuck se tenait aux fenêtres.

« Désolé pour ta gosse. Mais au moins, il y a de bonnes chances qu'elle soit saine et sauve », dit-il sans se retourner.

Peter se racla la gorge.

« Ce n'est pas vraiment ma fille. Même si j'aimerais bien. »

Il ne savait pas pourquoi il éprouvait le besoin de s'expliquer car Chuck ne lui demandait pas non plus un certificat de naissance.

Chuck se retourna et sourit. Peter avait raison : ces yeux bleus pouvaient être amicaux quand ils ne travaillaient pas à vous voir disparaître.

« Tout ça a peu d'importance au final, pas vrai ? Quand on a un gosse dans la peau, on n'est plus jamais comme avant. Allez, remontons là-haut. »

Peter se soumettait patiemment à l'interrogatoire de Nathalie depuis près de deux heures lorsque le camion de son oncle Rich revint se garer sous l'immeuble. Chuck avait écouté, posant parfois une question, hochant la tête lorsque Peter leur décrivait la maison de Cassie et leurs derniers mois passés là-bas.

La porte s'ouvrit, et le sosie de Chuck, version blonde et plus jeune, apparut dans l'entrée. Il posa les yeux sur Peter puis sur son frère.

« Tout va bien ? »

Chuck hocha la tête et Rich avança une main vers Peter.

« Rich, lui dit-il sobrement.

— Peter », répondit l'intéressé par mimétisme.

Rich se laissa choir sur le canapé et but une bonne rasade d'eau à sa bouteille, puis s'essuya la bouche du revers de la main.

« Dîner ? »

Peter comprit que Rich était du genre à s'en tenir à l'essentiel en matière de conversation. Il jeta un coup d'œil à sa montre. Ce n'était pas encore le moment du dîner. Même si pour tout le monde, cette journée avait semblé durer un siècle, il n'était que midi.

« Pour nous, dîner signifie déjeuner, expliqua Nat. Ici, on vit comme en 1860. Plus tard, on ira faire un tour en calèche. Sans chevaux. »

Chuck secoua la tête, mais ses yeux pétillaient d'amusement.

« Petite maligne. »

Peter la compara mentalement à Nel et sourit.

« Tout groupe a besoin de son clown de service, non ?

— C'est sa mère tout craché. »

Nat garda son sourire, mais se mit à tortiller les doigts sur ses genoux. Chuck détourna les yeux et inspecta l'étagère.

« Eh bien, que diriez-vous d'un bon bol de soupe ?

— Ah oui, c'est exactement ce qu'il me manquait par une si chaude après-midi d'été ! grinça Nat.

— Je n'ai pas dit que j'allais la réchauffer.

— Pouah. »

Peter se dirigea vers les étagères et procéda à un inventaire. Parmi les paquets et les boîtes de conserve, il y avait des tomates, un concombre à l'allure caoutchouteuse et quelques courgettes.

« Vous avez un jardin dans cet endroit que vous retapez ? » demanda Peter.

Chuck hocha la tête.

« Oui, tout petit. Pas suffisant pour subvenir à nos besoins, cela étant dit. On fait du porte-à-porte. Nous avons de quoi passer l'hiver, en tout cas.

— Pourquoi n'allez-vous pas dans l'une des zones de sécurité ? »

Ils entendirent Rich grogner sur le canapé.

« C'est ce que je m'échine à leur faire entendre depuis le début. »

Chuck jeta un coup d'œil à Nat et dit :

« Ce n'est pas une bonne idée pour l'instant. Peut-être au printemps. »

Peter ne posa plus de questions. Il brandit quelques paquets de nouilles aux légumes de son sac et attrapa la sauce soja et l'huile de sésame qui se trouvaient parmi les condiments.

« Ce serait un honneur pour moi de vous préparer le dîner, si vous le voulez bien.

— J'accepte ton offre, répliqua Chuck. Nous ne sommes pas des cordons bleus. Non pas que nous ayons grand-chose d'autre à faire. Tu te débrouilles en cuisine, j'imagine ? »

Peter acquiesça. Nathalie l'aida à allumer la gazinière de camping, qui se trouvait près de la fenêtre ouverte. Sa grand-mère ne l'avait jamais emmené camper, mais il savait depuis quelques mois que l'utilisation d'un réchaud de camping en intérieur sans ventilation adéquate comportait de sérieux risques sanitaires.

Les nouilles furent vite prêtes, et peu de temps après, Peter les avait refroidies et mélangées à des légumes hachés, et assaisonnées de sauce soja et d'huile. Il aurait bien ajouté une touche de vinaigre de riz, mais c'était beaucoup demander. Les parents de Cassie avaient peut-être été un peu ambitieux avec leur stockage exhaustif, mais il fallait bien l'avouer, tout ce dont il avait besoin en ce monde se trouvait dans leur sous-sol. Mais comment trouver ça excessif ? C'était cette ambition démesurée qui les avait gardés en vie tout ce temps.

Peter posa le plat sur la table.

« Servez-vous. »

Ils prirent place tous les trois à table et, à en juger par le silence et les bruits de mastication qui s'ensuivirent, ils apprécièrent le dîner de Peter. Cet été, il avait préparé à plusieurs reprises son fameux ramen froid. Il s'était d'ailleurs vu confier le rôle de cuisinier de service de plus en plus souvent, ce qui était loin de le déranger. Regarder tout le monde vider son assiette goulûment et se battre dans la bonne humeur pour une seconde portion lui procurait plus de satisfaction que de manger.

Il avait toujours aimé cuisiner. Dans l'un de ses premiers souvenirs, il était debout sur une chaise dans la cuisine de ses parents à Westchester. Sa mère lui avait tendu un verre à mesurer rempli de farine qu'il avait versé dans le bol à mélanger. Dans sa vie d'adulte célibataire, il avait plutôt mangé à l'extérieur, et ne cuisinait qu'occasionnellement, le plus souvent pour les filles qu'il invitait chez lui. Dont Cassie. Contrairement à beaucoup d'autres, elle avait poussé un soupir de délectation.

Peter sortit de son sac à dos l'un de ces infâmes « RPM » (ou « repas prêts à manger »), puis s'assit sur le canapé, le posant sur la table basse face à lui. La salade ramen était une option beaucoup plus alléchante, mais il ne voulait pas les priver de leur nourriture. Il s'estimait déjà assez chanceux d'avoir trouvé un refuge.

Il pensa à Bits et aux autres dans la camionnette, les imagina filer sur les routes de terre battue. Ils se trouvaient peut-être même déjà à Kingdom Come, s'ils n'avaient rencontré aucun obstacle. Plus besoin d'aller chercher les ennuis, cela étant dit. Tout ce qu'il suffisait de faire pour signer son arrêt de mort, c'était d'avoir un pneu crevé ou de prendre le mauvais tournant. Cela valait mieux que de mourir sur une benne à ordures, bien sûr… Il aurait tout donné à cet instant pour être avec eux dans cette camionnette. Non pas pour sa propre sécurité… il voulait y être au cas où quelque chose d'autre aurait mal tourné.

Bien que toutes ces péripéties lui eussent coupé l'appétit, il s'obligea à ouvrir le RPM et à découvrir les trésors qu'il recelait. Que manger en premier, le gros paquet de purée indéfinissable, le petit paquet d'un truc sans goût ni odeur, ou du fromage au *jalapeno* à étaler sur des crackers ? Ah, le choix était dur. Le dessert n'avait pas l'air si mauvais que ça. Difficile de rater les sucreries.

« C'est trop bon ! » s'écria Nathalie. Elle le regarda contempler son paquet de cochonneries, haussant les sourcils. « Tu ne vas pas manger avec nous ? »

Peter baissa les yeux sur sa nourriture.

« Non, merci, j'ai ce qu'il me faut là-dedans.

— Tu ne peux pas cuisiner sans y goûter, reprit Chuck d'une voix bourrue quoique amicale. Allez, viens t'asseoir, Pete. Tu me fais culpabiliser. »

Il avait toujours détesté qu'on l'appelle Pete, mais dorénavant cela ne le dérangeait plus. C'était juste le signe que quelqu'un avait suffisamment d'affection pour vous donner un surnom, tout comme quand il arrivait à Cassie de l'appeler Petey. Il se dirigea vers la table et tira à lui la quatrième chaise, se demandant à qui elle pouvait servir en temps normal. Ils l'avaient peut-être apportée pour compléter l'ensemble. Peut-être était-elle destinée à la mère de Nathalie, au cas où elle réapparaîtrait. Il se servit un peu de ramen. Pas aussi bon sans le vinaigre de riz, mais pas mal non plus.

« Après le repas, on va vérifier ce qui se passe dans la rue et vous aider à décamper, lui dit Chuck. Où se trouve cette zone de sécurité dont tu parlais ?

— Au nord-est. Quelque part au nord de Lowell.

— Je suppose que tu auras besoin d'un véhicule. Nous en avons quelques-uns à la cabane, tous remplis d'essence et en bon état. On peut aller faire un tour sur place et voir ce qu'on peut te donner. Il y a beaucoup de voitures de partout ces jours-ci, suffit de se servir. Tu n'auras pas de mal à en trouver une autre.

— J'apprécierais beaucoup votre aide. »

Peter ne tenait plus de joie à l'idée de pouvoir presque rattraper son retard s'il partait dans l'après-midi.

« Et moi, je peux venir ? » demanda Nat. Chuck secoua la tête. « Oh allez, papa ! S'il te plaît ? Je meurs d'ennui ici. En plus, c'est un vrai four, cet appart' ! Et puis, j'ai besoin d'un bain ! »

Elle jeta sa fourchette sur la table, croisa les bras et lança un regard noir à son père. Il lui rendit son regard, ses bras épais croisés sur sa poitrine, les yeux calmes. Il lui rappelait John, le type le plus indémontable qu'il ait jamais rencontré.

« Quelle est notre règle numéro un ? demanda Chuck.

— La sécurité, répliqua Nat d'un ton monotone, sans détourner le regard.

— Et c'est ici que tu es le plus en sécurité.

— Tu as dit qu'on allait déménager, et on est toujours coincés là. C'est plus sûr là-bas, et avec ce qui s'est passé aujourd'hui, je ne t'apprends rien ! Et si un jour tu ne revenais pas, hein ? Je me retrouverais bloquée ici toute seule sans eau douce, sans camion. Qu'est-ce qui va m'arriver dans ce cas, hein ? »

On crut entendre Rich marmonner quelque chose du genre : « Elle n'a pas tort. »

« Tu as raison, finit par admettre Chuck. De toute façon, nous allons avoir besoin de petits bras à la cabane. Mais attention, tu viens pour travailler, pas pour enculer les mouches, c'est clair ? »

Les yeux de Nat se tournèrent vers Peter.

« Papa, surveille ton langage. On a un invité, je te rappelle ! »

Chapitre 2

LA ROUTE MENANT à la cabane était cahoteuse comme une piste de motocross. Le trajet n'était pas pour améliorer l'état de la nuque de Peter. Déjà ankylosé à cause d'une nuit blanche et d'une longue séance de machette, il se sentait encore plus douloureux. Après quelques kilomètres, alors qu'ils n'avaient rien vu sur le chemin hormis des arbres, il demanda à Chuck :

« C'était ton pavillon de chasse, ou un truc du genre ?

— Non, dit Chuck. Nous l'avons apporté pièce par pièce d'autres endroits. Rich et moi l'avons construite nous-mêmes, cette cabane. »

La route déboucha enfin sur une clairière bordant un grand lac. L'herbe était envahie de ronces, mais au fil du temps, les bottes de Rich et Chuck avaient tracé un chemin menant au bord de l'eau, où étaient amarrés deux chaloupes et un canoë. Il n'y avait pas de cabane dans les parages.

Nathalie pressa son nez contre la vitre et lui sourit par-dessus son épaule.

« On va sur l'île. »

Peter suivit la direction du doigt qu'elle pointait vers un îlot entouré d'arbres, à trois cents mètres du rivage. Il n'y avait aucun signe visible de vie par ici, c'était le principe. Il aida à charger les bacs de provisions dans les bateaux tout en guettant les bois. Il se rendit compte qu'il n'y avait pas de véhicules supplémentaires, comme le lui avait promis Chuck, et ses doigts effleurèrent la poignée du pistolet dans son étui. Rich et Chuck parlaient à voix en s'affairant. Ils semblaient certes sympathiques, mais pouvait-on être certain qu'ils tenaient vraiment à l'aider ?

Chuck regarda Peter comme s'il pouvait lire dans ses pensées et désigna le lac du bout du menton.

« Il y a d'autres routes au nord et à l'est du lac. Nous avons garé des camionnettes là-bas, au cas où cette voie serait bloquée. »

Peter laissa retomber sa main, essayant de masquer son soulagement. Il savait très bien juger les gens. Cela aurait dû le retenir de passer une majeure partie de son temps en compagnie d'individus superficiels, mais il n'en avait rien fait, tout en étant très conscient de la nature de son entourage. Après tout, il en faisait partie. Et il en était devenu douloureusement conscient au moment où il avait rencontré Cassie, qui n'avait aucune réticence à dénoncer leurs comportements abjects d'enfants gâtés.

Le soir de leur rencontre, dans un bar en ville, il avait passé la moitié de la nuit à la reluquer à bonne distance. Il avait admiré ses boucles auburn qui se balançaient, et sa manière de les ranger derrière son oreille, en un geste répété, quand elle discutait. Il l'avait déjà repérée à la fête d'anniversaire d'un collègue, où elle s'était rendue avec Penny et Nelly. C'était le genre de bar qu'il fréquentait souvent, et où on ne la voyait jamais. Les cocktails à douze dollars décorés de torsades de fruits exotiques, ce n'était pas vraiment son genre, s'était-il dit en la regardant siroter ce qu'elle avait trouvé de plus ressemblant à une bière ordinaire.

La plupart des filles portaient des vêtements de marque et des bottes à talons. Cassie, elle, se sentait très bien dans son jean à trente dollars, ses bottes noires défoncées et un simple haut noir sans manches. Elle était pourtant mignonne. Son top échancré présentait un joli corsage, et elle portait du maquillage et des boucles d'oreilles. Mais elle était tout sauf ordinaire. Elle était tactile, elle avait touché ses interlocuteurs aux épaules et aux bras pendant qu'elle leur parlait, et les avait écoutés avec une attention soutenue. Elle avait ri en rejetant la tête en arrière, elle avait lâché prise. Elle avait semblé peu soucieuse de ce que les habitués du bar pensaient d'elle, ce dont Peter s'était senti jaloux.

Il avait vu plusieurs types la suivre du regard quand elle s'était frayé un chemin vers la salle de bains. Il n'avait visiblement pas été le seul admirateur. Elle en avait déjà repoussé un gentiment par un sourire discret et un hochement de tête.

Plus tard, elle était montée au bar pour une tournée, et il l'avait suivie suffisamment à l'écart pour qu'elle ne se sente pas harcelée. Elle avait toutefois jeté un coup d'œil vers lui puis avait regardé droit devant elle, jusqu'à ce que le barman prenne sa commande. Peter avait fait discrètement signe au barman d'ajouter la commande à sa note. Quand les boissons avaient été posées sur le comptoir et qu'elle avait tendu de l'argent du bout de ses ongles au verni bleu écaillé, le barman lui avait évidemment fait signe que c'était réglé, désignant Peter.

Pendant une seconde, il lui avait vu une mine agacée, puis elle s'était déridée et s'était tournée franchement vers lui.

« Merci, c'est très gentil de ta part, mais je ne veux vraiment pas accepter que tu paies pour tout ça.

— J'insiste », avait-il répliqué. Elle avait tendu les billets vers lui, mais il avait croisé les bras, secouant la tête avec un sourire.

« S'il vous plaît, prenez cet argent.

— On ne peut plus offrir un verre à une fille, tout simplement ? s'était-il écrié.

— Bon, un verre, pourquoi pas, mais pas six ! » Elle avait levé les sourcils, il avait haussé les épaules. « Vous n'allez pas me laisser vous rembourser, j'imagine ?

— Non.

— Eh bien, merci. Vous êtes très généreux. »

Elle avait fourré l'argent dans sa poche et souri, mais elle semblait toujours mal à l'aise. Peut-être pensait-elle qu'il avait essayé de lui en mettre plein la vue. Non pas qu'il fût au-dessus de tout ça, mais il n'avait pas cherché à l'épater. Il avait voulu lui payer un verre, mais c'était plus simple de payer toute la note. Ce qu'il aurait dû faire, cependant, c'était de lui demander la permission d'abord, lui laisser la possibilité de refuser.

Peter s'était approché un peu d'elle pour qu'elle puisse mieux l'entendre. Elle avait un léger parfum de rose, et quelque chose de frais et printanier.

« Moi, c'est Peter.

— Cassie. Enchantée. »

Elle avait souri et tapoté des doigts sur sa bouteille de bière, comme à court d'inspiration.

« Ravi de faire ta connaissance, Cassie. »

On avait dû lui faire signe depuis la table à ce moment-là, car elle avait levé un doigt pour leur faire signe de patienter, avant de le regarder à nouveau.

« Moi aussi. »

Elle lui avait ensuite posé des questions sur ce qu'il faisait, et il avait vu son regard se perdre quand il s'était mis à parler des relations de son entreprise avec les lobbyistes et les membres du Congrès. Elle était restée courtoise, cependant, et avait ri quand il disait quelque chose d'amusant, mais il l'avait sentie un brin déçue. En temps normal, cela ne l'aurait pas dérangé ; il plaisait à la plupart des filles qu'il rencontrait, surtout dans un endroit comme celui-ci, même s'il lui arrivait d'essuyer un refus. C'était inévitable. Mais cette fille-là, il n'avait pas voulu la perdre avant d'avoir fait sa connaissance.

Quand elle lui avait dit qu'elle avait grandi à Brooklyn, il lui avait demandé si ses parents y vivaient toujours. Cassie s'était figée une seconde, avant d'expliquer qu'ils étaient morts deux ans auparavant dans un accident de voiture. Elle avait tenté de prendre un air indifférent, mais il avait clairement perçu la souffrance dans son regard, et dans la façon dont elle avait dégluti avec difficulté. Il avait su qu'elle se préparait au moment gênant et aux excuses qui allaient suivre.

« Ma famille est décédée dans un accident de voiture quand j'avais douze ans, avait-il aussitôt dit. Mes parents et ma petite sœur. »

Il avait failli se retenir de prononcer les mots qui avaient voulu sortir, mais les avait lâchés, car il avait tenu à ce qu'elle sache qu'il la comprenait.

« C'est comme de vivre dans une maison dont le toit a été arraché par la tempête, tu vois ce que je veux dire ? »

Elle l'avait alors regardé, cette fois *vraiment*, avant de hocher la tête. Elle avait ensuite lancé un regard vers la table de ses amis, qui l'observaient. Approchant la bouche de son oreille, elle lui avait glissé dans un souffle chaud :

« Ils vont me fixer jusqu'à ce que je leur amène leurs verres. Je reviens dans une seconde ! »

Il avait acquiescé et l'avait regardée apporter les verres et s'asseoir à côté de Penny. Il avait cru un instant qu'elle n'allait pas revenir, mais avait vu qu'elle avait laissé sa bière sur le bar. Elle avait murmuré quelque chose à l'oreille de Penny puis s'était levée.

Il s'était senti si vulnérable après la disparition de ses parents. Malgré sa grand-mère qui lui avait offert un refuge dans son appartement d'avant-guerre, le monde était subitement devenu noir, violent, un univers où chacun devait tirer son épingle du jeu et se mettre à l'abri du besoin. Pourquoi s'était-il laissé aller à lui confier tout ça, à cette inconnue ? Mais c'étaient aussi ces mots qui l'avaient fait revenir vers lui. Tous les verres du monde, et ces anecdotes sur de hauts profils diplomatiques, elle n'en avait rien à faire. Cette fille était quelqu'un de vrai, et c'était ce qu'il recherchait. Un peu de réalité. Malgré la peine, la terreur qu'elle lui causait, cette réalité.

Elle avait rapproché son tabouret du sien et lui avait souri, avec ce même sourire qu'il l'avait vu adresser à ses amis. Un sourire lumineux, où brillaient ses grands yeux noisette aux cils noirs, plissés aux coins. Cela avait été la première fois depuis des années qu'il avait évoqué l'accident. D'habitude, quand quelqu'un s'en souciait assez pour lui poser la question, il répondait que ses parents étaient morts, sans rentrer dans les détails. Il ne parlait jamais non plus de sa sœur Jane. Non seulement ça lui donnait envie de pleurer, mais ça ravivait en lui la peur irrationnelle que quelqu'un sente sa culpabilité et lui pose trop de questions. Cassie ne savait que trop bien ce qu'il en coûtait d'en parler. Il l'avait lu dans son regard.

Ils avaient conversé un bon moment de choses sérieuses et anodines. Elle avait parlé de son travail, de la passion qu'elle avait d'initier les enfants du quartier à la pratique de l'art. Et du fait qu'elle avait cessé de peindre pour elle-même. Elle avait fait mine de s'intéresser à son travail à lui, puis avait incliné la tête, le visage empourpré par sa quatrième bière.

« Et ça te plaît, tout ça ? Ça ne te ressemble pas vraiment, je trouve.

— Non, je déteste mon job », avait-il répliqué avec plus de véhémence qu'il ne l'aurait voulu. C'était la vérité, mais il ne l'avait jamais admis ouvertement.

Cassie avait fait mine de lui mettre un crochet dans la poitrine, et sa mâchoire était tombée.

« Tu *détestes* ton job ? Mais alors pourquoi tu y passes un million d'heures par semaine ? La vie est trop courte pour ce genre de conneries. Tu devrais faire ce qui te fait vibrer. Ou un truc que tu *tolères*, au moins. »

Il avait haussé les épaules, et s'était demandé pourquoi ce choix, en effet. Elle s'était excusée avec un rire, et avait balayé la question d'un geste de la main.

« Bah, je suis plutôt mal placée pour te faire la morale. Ne m'écoute pas. »

Un bon moment après le début de leur conversation, un mec bien habillé, aux épaules carrées et aux cheveux châtain clair s'était avancé vers eux. Il avait posé un bras protecteur sur l'épaule de Cassie et avait toisé Peter, étudiant son tee-shirt sur-mesure, son jean et ses chaussures de luxe. Il n'avait pas eu l'air impressionné non plus.

« Allez, la bavarde, on y va. Ils vont bientôt fermer, je crois.

— Nelly, je te présente Peter, avait répondu Cassie. Peter, voici Nel.

— Merci pour le verre, mec, avait dit Nel en lui serrant la main avant de se tourner vers Cassie. On va prendre un taxi. »

Cassie s'était levée et avait saisi la main de Peter.

« C'était sympa de te rencontrer. Suivons tous les deux mon conseil, d'accord ? »

Peter n'avait pas voulu qu'elle s'en aille. Il savait qu'avec ce gars surprotecteur collé à ses basques, elle n'oserait pas lui donner son numéro. S'il lui donnait sa carte de visite, il savait qu'elle ne l'appellerait sans doute jamais.

« Je vais te commander un taxi, moi. Nous en avons un privé au bureau. Comme ça tu peux rester pour un dernier verre, tu en dis quoi ? »

Elle s'était mordillé la lèvre en échangeant un coup d'œil avec Nel. Il avait haussé les épaules comme pour dire : « C'est ta vie. » Peter avait serré la main de Cassie, et lui avait fait son sourire le plus enjôleur.

« J'ai besoin de tes lumières. Si tu t'en vas maintenant, je vais continuer pour le reste de mes jours dans un job que je déteste, et tout sera ta faute. »

Elle avait éclaté de rire.

« Bon d'accord. Je ne veux pas être tenue responsable d'avoir fichu ta vie en l'air.

— Envoie-moi un texto quand tu seras rentrée », lui avait soufflé Nel, et elle l'avait embrassé sur la joue.

Le regard qu'il avait lancé à Peter en les quittant enfin avait été digne de celui d'un grand frère ou d'un père protecteur. C'était donc lui qu'il fallait convaincre de ses bonnes intentions s'il voulait que Cassie l'adopte pleinement dans sa vie. Il avait eu le sentiment que ça ne serait pas chose aisée.

Ils étaient restés là jusqu'à la fermeture. Il avait songé à lui demander de venir prendre un verre chez lui, mais il avait eu peur qu'elle le range dans la catégorie des tombeurs à la recherche d'un coup d'un soir. Cela ne l'aurait pas dérangé en temps normal, et selon lui, ce jean à trente dollars aurait été mieux par terre. Mais il allait éviter de la braquer. Ils s'étaient tenus dans l'air frais du petit matin, discutant en attendant le taxi. Cassie avait allumé une cigarette en expliquant qu'elle n'en fumait plus qu'une par jour.

« Seulement après un verre, ou une série de verres… »

Elle avait soufflé la fumée dans l'air et avait soupiré de contentement.

Peter avait souri, même s'il détestait les cigarettes. Franchement, il s'en fichait de ce qu'elle faisait, tant qu'elle le faisait près de lui. Il la trouvait à la fois normale et bizarre, et drôle. Une vraie beauté, assez discrète pour envoûter lentement, sans briller de mille feux. Un peu comme sa mère, avait-il pensé, au détail près qu'il voulait l'embrasser follement, même avec la fumée de cigarette qu'elle aspirait comme si elle y puisait son oxygène.

Quand le taxi s'était arrêté devant eux, elle avait écrasé sa cigarette et cherché une poubelle pour y jeter son mégot.

« Je ne vais pas le jeter par terre. J'ai été élevée par des écolos. »

Il avait tendu la main.

« Je m'en occupe.

— Merci, avait-elle fait en déposant le mégot dans sa paume avec un sourire nerveux. Alors, bonne nuit. Ça m'a fait plaisir de te rencontrer. »

Le moteur de la voiture noire avait grondé. Peter était déjà passé par là, mais cette fois, il avait vraiment peur d'être rejeté pour la première fois depuis l'adolescence. Il s'était éclairci la gorge.

« Alors, tu m'autorises à t'appeler un jour ? Je pourrais avoir besoin d'un coach de vie. »

Cassie avait glissé la main dans la poignée de la portière.

« Je ne… je ne suis pas vraiment… »

Elle avait levé les yeux vers le ciel et haussé les épaules.

« Tu sais quoi ? Si tu veux. Je vais suivre mon propre conseil. »

Elle avait pris son téléphone et y avait saisi son numéro. Puis, avant même qu'il ne tente de l'embrasser, elle s'était faufilée sur la banquette arrière du taxi.

« Bonne nuit, Petey. »

Il avait déjà essayé de la dissuader de l'appeler Petey, mais apparemment elle adorait les surnoms.

« Bonne nuit, Cassandra. »

Elle avait ri parce qu'elle avait mentionné plus tôt que personne ne l'appelait jamais par son nom entier. Il avait regardé la voiture s'éloigner en souriant comme un idiot ; après quelques heures seulement en sa compagnie, elle lui plaisait déjà plus qu'il ne l'avait imaginé. Il lui importait peu que sa main sente le cendrier.

« Nous sommes prêts », dit Chuck, tirant Peter de sa douce rêverie.

Peter chassa le souvenir de ses pensées. Même si tout ne s'était pas déroulé idéalement avec Cassie, il était quand même heureux de l'avoir eue dans sa vie. Il n'avait rien attendu, ce soir-là, et pourtant, il avait eu l'impression qu'elle lui avait sauvé la vie – à plus d'un titre.

« Tu veux que je prenne une des rames ? proposa-t-il à Chuck.

— Si ça ne te dérange pas de ramer. On veut éviter de faire tourner les moteurs si ce n'est pas essentiel. On n'utilise que des moteurs électriques, plus silencieux, mais ils doivent tout de même être rechargés.

— Aucun problème. »

Peter se mit à ramer et gagna rapidement l'île. Chuck et Nat étaient avec lui dans le canoë, tandis que Rich faisait avancer la chaloupe par des coups de rames puissants et réguliers. Chuck indiqua une plage naturelle sur le rivage, et Peter se dirigea vers une zone sablonneuse où il pouvait débarquer sans se mouiller les bottes.

« Normalement, on tire les bateaux dans les buissons, déclara Chuck, mais on va d'abord décharger tout ça et vous trouver une camionnette. »

Peter, les bras chargés, les suivit à travers les arbres, inspectant les environs. L'île devait avoir une superficie d'environ un arpent. Il n'avait pas un sens pratique très développé, mais il s'était amélioré ces derniers mois. Il était même capable depuis quelques jours de parler d'électricité avec James, d'armes avec John et de tirer comme un pro avec Nel sans ressentir le syndrome de l'imposteur.

Un chemin menait à une petite cabane de guingois bricolée avec des planches de gabarits aléatoires, et équipée de solides fenêtres parfaites pour les froids hivers du Vermont. Le petit pont à l'avant s'ouvrait sur une pièce principale d'environ deux mètres carrés. À l'intérieur, deux portes qui donnaient sans doute sur des chambres, et une autre porte au fond, près de la cuisine. Peut-être y avait-il aussi une salle de bains. L'endroit était confortable et lumineux, malgré les parois de plâtre irrégulières, non peintes. Chuck le vit inspecter la cabane et faire claquer sa main sur le mur de la cuisine. Celle-ci était équipée d'un évier encastré sans robinet, d'étagères croulant sous les paquets d'aliments, et d'un poêle à bois qui servait à la fois à chauffer et à cuisiner.

« C'est sans doute pas la plus jolie au monde, mais croyez-moi, c'est du solide. Et il y fait bien chaud ! L'isolation est épaisse, d'une bonne dizaine de centimètres. On a installé des plaques de plâtre aux murs. Nat va nous peindre tout ça. N'est-ce pas, Nat ? »

Mais Nat avait déjà disparu derrière la porte de sa chambre. Peter y entrevit un matelas et une commode, ainsi que des affiches au mur et une étagère garnie de livres.

« Comment avez-vous fait pour ramener tout ça ici ? demanda Peter.

— Nous avons un gros bateau, qu'on a caché de l'autre côté de l'île. Il consomme un max d'essence, mais pour les déménagements, c'est le top. »

Peter hocha la tête et visita le reste de la bicoque. Elle était sobre, sans fioritures. Il était clair qu'elle avait été conçue par deux hommes. Il détestait la personne superficielle qui sommeillait toujours en lui, mais ne pouvait s'empêcher de redécorer mentalement chaque pièce. Le canapé marron uni n'était pas absolument hideux, mais il aurait fallu le placer près des fenêtres, quelle drôle d'idée de le planter là au milieu. Quant aux fauteuils, pourquoi n'étaient-ils pas juste à côté, pour créer un semblant de salon ? Il déplaça mentalement la table à manger pour créer plus d'espace dans la pièce. Repeindre ces horribles tables d'appoint de bois brun avec une couleur claire. Quelques rideaux pour recouvrir le tissu noir qu'ils avaient tendu contre les vitres en guise de stores occultants. Quelques coussins colorés. Il n'avait pas assisté à ces longues consultations interminables entre sa grand-mère et les décorateurs pour rien.

« Un joli petit coin, conclut Peter.

— Ouais, enfin, c'est fonctionnel », répondit sobrement Chuck.

Peter sentait qu'il en était drôlement fier. Tout comme Peter avait éprouvé de la fierté à avoir creusé le fossé ou réparé la clôture.

« Vous avez des capteurs solaires ? demanda-t-il.

— Non, dit Chuck. Je n'y connais rien, d'ailleurs. On a réussi à faire de belles toilettes sèches, qui fonctionnent à merveille. Mais ça s'arrête là. »

Peter hocha la tête. Il savait qu'ils s'en sortiraient très bien, tant qu'ils auraient suffisamment de bois et de provisions. Vivre sur une île était une idée de génie, mais l'inconvénient majeur était qu'ils allaient manquer de terre pour cultiver des légumes. Il se dirigea vers la fenêtre de la cuisine et jeta un coup d'œil au jardin. Quelques arbres avaient été défrichés pour faire pénétrer la lumière, mais cette mini clairière était trop petite pour suffire à les nourrir.

Il y avait pourtant là de belles tomates rouges et mûres, qui lui rappelèrent Ana. Elle adorait les tomates. Il lui sembla soudain ridicule de ne pas avoir trouvé, à trente ans, le courage de l'embrasser, alors qu'il savait pertinemment qu'il lui plaisait. C'était une fille magnifique, drôle, et, il fallait l'admettre, un peu cinglée. Mais il s'y était accoutumé au fil du temps, et désormais, ce petit grain faisait pleinement partie de son charme. Une fille entière, Ana. Qui voyait le monde en noir et blanc. Peu de gris. Ce qui était super quand elle était de votre côté, mais beaucoup moins quand elle ne l'était pas. Même quand elle l'agaçait follement, il ne pouvait s'empêcher d'admirer sa détermination à toute épreuve.

Peter avait passé les vingt dernières années à redouter que personne ne l'aime pour celui qu'il était vraiment. Sa grand-mère ne l'avait pas aidé sur ce plan. Ana n'était pas comme lui. Elle se fichait qu'on l'aime ou non. Elle ne voulait pas perdre son temps à convaincre le monde entier de l'aimer. Et depuis qu'elle s'était émancipée de ce rôle de petite sœur gâtée, elle avait gagné l'affection de tout le monde. Forte, opiniâtre, fervente adepte de la destruction de zombies, elle s'était aussi adoucie dans son comportement. Il était évident qu'elle adorait sa nouvelle famille, même lorsqu'elle voulait le cacher derrière un sourire désinvolte et des allures de mercenaire inséparable de son couperet.

L'une des raisons pour lesquelles il gardait ses distances avec elle, c'était qu'il avait imaginé l'immense gêne qu'il y aurait à cohabiter avec *deux* ex-petites amies. Et puis, la veille au soir, Cassie lui avait demandé de profiter de la vie et d'arrêter de tergiverser. Et il avait été à un cheveu de déclarer sa flamme à Ana, avant que les Lexers ne débarquent.

Il se promit que la prochaine fois qu'il verrait Ana, il prendrait son visage dans ses mains et l'embrasserait. Il laisserait ses doigts courir sur sa peau brune et soyeuse. Il aurait voulu cette danse, l'autre jour, qu'il avait demandée à Ana, destinée à briser la tension apparue entre eux depuis quelques semaines. Il soupira. C'était beau de rêver, mais il n'y avait qu'une seule façon d'en faire sa réalité : il lui fallait rejoindre les autres à Kingdom Come.

« Vous avez un carré de pommes de terre ? » demanda Peter pour combler le silence qui s'était installé tandis qu'il regardait par la fenêtre. Il était en proie à l'introspection ce jour-là, ce qui était sans doute lié au fait qu'il avait frôlé la mort.

« Eh bien, on s'y est pris un peu trop tard pour les patates. On a passé la première partie de l'été à survivre, vous savez.

— Je comprends. Vous pourriez essayer d'en trouver dans les supermarchés ou dans les potagers abandonnés. Je n'y connais pas grand-chose en jardinage, mais vous pourriez en mettre de côté pour les faire germer au printemps prochain. Ou en planter dans un petit coin et les laisser pousser à la verticale. Il suffit d'ajouter un peu plus de terre ou de foin sur le dessus.

— C'est une bonne idée. Nous n'avons pas beaucoup d'espace. L'année prochaine, on fera notre potager sur le continent, si on est toujours là. »

Après deux autres allers-retours, le déchargement fut terminé. Chuck remercia Peter et lui dit :

« Allons-y.

— J'arrive », hurla Nat en sortant de sa cachette.

Elle avait mis son maillot de bain et glissé une robe d'été par-dessus.

« Je veux aller nager avec mon savon.

— D'accord, dit Chuck. J'ai des choses à mettre dans les camionnettes, donc je vais prendre la chaloupe. Pete, tu veux accompagner Nathalie dans le canoë pour qu'elle ne pagaye pas en rond ? »

Nathalie tira la langue à son père et éclata de rire. Maintenant qu'elle était avec eux sur l'île, elle semblait beaucoup plus détendue, comme tout le monde d'ailleurs. Peter entendait Rich dans la cour qui fredonnait dans sa barbe et parlait à un chien que Peter avait aperçu quand ils s'étaient approchés de la cabane.

La fraîcheur des arbres réduisait l'effet de la chaleur torride, l'eau aussi sans doute. Ce devait être une journée insupportable à

Bennington. Sur l'île, le temps était juste chaud et venteux. Peter fourra sa veste dans son sac tandis qu'ils se dirigeaient vers les barques. Il voulait la porter plus tard en route, pour se protéger, mais il n'y avait aucune raison de transpirer sur le bateau.

Rich tourna au coin de la maison.

« Tu t'en vas ?

— Oui, dit Peter en lui tendant la main. Merci pour votre aide. Vous n'imaginez pas à quel point je vous suis reconnaissant. »

Rich lui serra la main avec un hochement de tête et disparut à l'arrière.

« Oncle Rich est un gars taciturne, déclara Nathalie, se frayant un chemin sur la piste avec ses tongs. Tu commences à comprendre pourquoi je deviens folle ? Tu ne voudrais pas rester quelques jours de plus ?

— Peter veut retrouver sa petite fille », lui dit Chuck.

Il décrocha un gilet de sauvetage suspendu à une branche près des barques pour le tendre à Nat.

« Tiens. Enfile ça.

— Je n'en ai pas porté à l'aller, papa. Je sais nager depuis que j'ai cinq ans, je te rappelle.

— C'est parce qu'il était là. Si on avait pu te le mettre à l'aller, tu l'aurais porté. Tu me rappelles la règle numéro un ? »

Comme Nat ne répondait pas, Peter dit :

« La sécurité. C'est une bonne règle à suivre.

— Espèce de traître ! » lui lança Nathalie, avant d'enfiler son gilet de sauvetage, hilare.

Les camions étaient garés un peu plus loin que leur point d'amarrage. Peter plongea sa pagaie dans l'eau et ils fendirent lentement sa surface. Nat pagayait aussi, mais il n'avait guère besoin de son aide. Dans moins de quinze minutes, il se trouverait au volant d'un camion et conduirait toute la nuit jusqu'à Kingdom Come.

Nathalie sauta du canoë avant qu'ils n'aient atteint le rivage et avança dans la vase, avec de l'eau jusqu'aux genoux. C'était une autre clairière herbeuse, avec une route délaissée similaire qui serpentait vers les bois. Garés sur l'herbe, un pick-up et une Mercedes Classe G.

« Jolie camionnette ! lança Peter à Chuck, qui s'était garé à côté de lui dans la chaloupe. C'était la tienne avant tout ça ? »

Chuck éclata de rire.

« Oui, bien sûr, cent mille dollars, c'était une bricole. Je l'ai garée à côté de ma Rolls. Vous vous y connaissez en voitures ?

— Pas beaucoup. Mais j'avais un S600.

— Belle voiture, dit Chuck en émettant un petit sifflement envieux. Tu devais mener la belle vie.

— Je suppose », répondit Peter en se disait que ce n'était vraiment pas ça, la belle vie.

Il n'aimait pas ce nouveau monde, mais il était peut-être la seule personne sur Terre qui préférait sa vie actuelle.

« J'avais une grande maison à l'extérieur de Manchester. La seule façon pour moi de posséder une… »

Il fut interrompu par un cri strident. Nat s'était glissée hors de l'eau et derrière les véhicules, un coin où son père lui avait défendu d'aller. Ses paumes claquèrent sur le capot du pick-up et Peter vit son visage terrifié glisser derrière le véhicule. Chuck réagit vite, mais Peter fut encore plus rapide. Il bondit à travers l'herbe, la machette levée.

Un Lexer était tapi là et il agrippait Nat par sa veste. Elle était emportée par à-coups vers l'arrière, ses pieds nus grattant le sol. Peter savait qu'il avait peu de temps pour agir. Les dents du Lexer se rapprochaient dangereusement du cou de la gamine et il voyait des silhouettes se rapprocher depuis le fond des bois.

« À terre ! » cria-t-il à Nat, qui obéit immédiatement.

Il planta de toutes ses forces la machette dans la bouche du Lexer, lui coupant la tête en deux. La partie supérieure fut projetée dans les buissons. Trois autres Lexers apparurent alors, se dirigeant droit vers Nathalie qui gisait sous le cadavre du premier Lexer, les mains toujours emmêlées dans ses sangles. Peter enfonça la machette dans l'œil du premier, puis passa l'arme dans sa main gauche et pivota pour tirer au revolver sur les deux autres à bout portant. Les armes à feu étaient réservées aux urgences, puisqu'elles ameutaient tout ce qui se trouvait à la ronde, mais il n'avait guère le choix cette fois. Il devait son savoir-faire à la folie d'Ana. Toute cette pratique qu'elle lui avait imposée portait vraiment ses fruits.

Chuck abattit deux autres Lexers avant de se pencher sur Nat pour la dégager de sous le cadavre. Il ne vit pas celui qui apparut de derrière l'autre camionnette. Peter tira un coup mortel bien placé, mais la balle ne suffit pas à stopper l'élan du mort-vivant. Chuck perdit l'équilibre et tomba sur la cheville de Peter.

Une douleur lancinante lui remonta dans la jambe quand la masse du corps de Chuck s'écrasa sur lui, malgré la protection de sa botte épaisse. Peter appuya le bras sur la camionnette le temps que la douleur initiale passe tandis que Chuck remettait Nat sur pieds. L'arrière de sa tête était humide, couvert de morceaux de cervelle, et son visage de lutin était rose vif à force d'avoir lutté pour trouver son souffle. Chuck détacha le gilet de sauvetage et l'inspecta sous toutes les coutures, puis il leva des yeux incrédules vers l'endroit où se tenait Peter.

« Bon sang, s'écria-t-il, le visage presque aussi rouge que celui de Nat. Ils la tenaient. »

Chuck ouvrit rapidement la portière de la camionnette et y enfourna Nathalie. Refermant la porte, il se tourna face à la forêt, puis s'effondra contre le véhicule.

« Je ne serais pas arrivé à temps…

— Si, tu l'aurais sauvée », lui dit Peter.

Peter n'en savait rien, mais Chuck avait besoin de l'entendre. Chuck regarda droit devant. Il ne tremblait pas, mais il avait l'air de quelqu'un qui revit un cauchemar. Peter connaissait bien la question, il était déjà passé par là.

« J'en doute, répondit Chuck en regardant Peter droit dans les yeux, sans cacher ses larmes. Merci d'avoir sauvé ma gosse. Si tu veux cet engin, il est à toi. »

Peter eut un petit rire puis grimaça en posant son pied à plat. Maintenant que l'effet de l'adrénaline s'était estompé, la douleur initiale reprenait de plus belle. Sa botte était beaucoup trop serrée.

« Je ne t'ai pas loupé, hein ? demanda Chuck en regardant sa cheville. Jetons-y un coup d'œil. »

Peter s'assit sur un rocher, délaça sa botte et retira sa chaussette. Sa cheville, déjà enflée, était d'un rose vif.

« Oh, bon sang, je m'en veux », dit Chuck.

Peter secoua la tête. Manque de chance, il s'agissait du pied droit, ce qui le gênerait pour conduire. Mais il le ferait s'il le fallait.

« T'inquiète. Ça va bientôt dégonfler. »

Chuck se frotta la barbe et grimaça.

« Je sais pas. C'est assez vilain. Est-ce que tu as senti ou entendu un craquement ?

— Non, elle s'est juste tordue dans le mauvais sens.

— Je suppose que c'est bon signe, alors. Rich pourra nous en dire plus, il est infirmier. »

Décidément, c'était un type surprenant, ce Rich. Quasi muet, amateur de musique classique et de chemise de flanelles, voilà qu'il s'avérait être un infirmier. Peter eut un petit sourire amusé, malgré la douleur et le pressentiment que cette cheville venait de faire tomber à l'eau ses plans de voyage.

« Je serais curieux de voir son comportement avec les patients. Costaud, mais taiseux ?

— Tu serais surpris », répliqua Chuck dans un éclat de rire.

Il lui lança un regard protecteur.

« Je pense que tu devrais revenir avec nous, au moins pour cette nuit. De toute façon, quand on a de la route à tracer, il vaut mieux partir le matin. »

Peter sentit sa poitrine se serrer. Il aurait voulu lui faire ses adieux et prendre la route sans attendre. Mais il se rappela que, sans eux, il serait sans doute mort sur une benne à ordures, et donc qu'une nuit de sommeil serait une bénédiction. Il s'écarta tout doucement du rocher et posa délicatement les orteils de son pied droit sur le sol.

« C'est vrai. Tu as raison. »

CHAPITRE 3

PETER ÉTAIT ALLONGÉ sur le canapé, le pied élevé sur l'accoudoir. Rich l'examinait. Bien que ses gestes fussent doux, Peter serrait les dents. Cela faisait presque aussi mal que quand il s'était cassé le bras à l'âge de neuf ans.

« Pas de sensation de craquement quand je bouge ton pied comme ça ? demanda Rich.

— Non, rien.

— Eh bien, je ne peux pas trop m'avancer, il faudrait un scan, mais je pense que tu as là une entorse assez sérieuse. Tu dois rester allongé au moins une semaine, et réduire au maximum tes mouvements pendant une autre semaine, voire plus longtemps, selon ton état. Je vais aller te chercher de l'eau froide du lac pour que tu puisses tremper un peu ta cheville, et puis je te ferai un bandage.

— Je comptais partir demain matin. »

Rich avait été pragmatique lors de son examen, mais il s'accroupit au niveau de la tête surélevée de Peter et soupira d'une voix douce.

« Je sais. Mais ce ne serait pas dans ton intérêt. Et si tu devais sortir du camion ? Les routes du nord ne sont pas toutes dégagées, même les plus petites. Je le sais parce que j'ai traversé la région. Tu ne peux pas courir ni même marcher dans cet état. »

Peter regarda la cime des arbres se balancer derrière la fenêtre et se mordit très fort l'intérieur de la joue. C'était son excellente technique pour s'empêcher de pleurer. La dernière fois qu'il avait pleuré, la première depuis des années, c'était sous le porche de la maison de Cassie.

« Si tu forces trop tôt sur cette cheville, la blessure pourrait s'aggraver et ne plus jamais guérir correctement, poursuivit Rich avec un geste en direction de la fenêtre. Et ce n'est pas le moment d'avoir une cheville faible ou de boiter, si tu vois ce que je veux dire.

40

— D'accord, dit Peter, sachant que Rich avait raison. Mais je me sens coupable d'être une charge pour vous, maintenant. Je sais que vous n'avez pas de provisions à la pelle.

— Bah, on peut toujours en trouver d'autres », répondit Rich.

Il laissa passer un silence, clignant des yeux.

« Ce qu'on ne pourrait plus trouver, ce serait une autre Nathalie. Je vais chercher l'eau. »

Il donna une petite tape sur l'épaule de Peter et sortit en fredonnant. Ça ressemblait à la Symphonie nº 7 de Beethoven.

Le lendemain, il faisait si chaud que la douleur s'était intensifiée. Nathalie émergea au petit matin de sa chambre et vint se percher au bout du canapé. Ses yeux étaient gonflés et elle avait l'air épuisée, bien qu'elle ait dormi toute la nuit.

« Je sais que je me répète, mais merci encore de m'avoir sauvé la vie, dit-elle en baissant les yeux vers ses genoux. Désolée d'avoir fait tomber ton plan à l'eau. En temps normal, mon père me punirait, mais comme je suis déjà coincée ici… »

Elle lui lança un regard penaud sous sa frange et Peter éclata de rire.

« Je suis bien content d'avoir été là. Ce genre de choses arrive si vite, sans prévenir, tu sais. C'est pour ça que ton père t'a imposé cette règle numéro un. »

Elle soupira.

« Je sais.

— Mais maintenant, au moins, nous sommes quittes. Tu m'as sauvé et je t'ai sauvée en retour. C'est plutôt bien, non ?

— Je n'y avais même pas songé, répondit Nat avec un sourire. Mais je reste toujours à ton humble service jusqu'à ton départ. Ce sont les ordres de papa. Tu as besoin de quelque chose ? »

Peter ne tenait pas à ce qu'une ado de seize ans l'aide à aller aux toilettes. Ce serait gênant pour tous les deux.

« J'ai juste besoin de ma petite routine matinale, tu sais. Me brosser les dents, et cetera. »

Elle se dirigea vers l'une des tables d'appoint et revint avec un bâton à l'extrémité en forme de V.

« Tiens, voici une canne. Papa a dit qu'il t'en ferait une.

— Merci. »

Peter boitilla avec la canne jusqu'aux toilettes. C'était une pièce minuscule de la taille d'un placard. Ça ne sentait pas mauvais. À en croire Chuck, tout son contenu était déversé dans un réservoir quelque part à l'extérieur et se transformait en compost. Ils avaient de vraies toilettes à chasse d'eau chez Cassie, mais il était fort probable que ce genre-là ne soit bientôt plus qu'un lointain souvenir.

Il fouilla dans son sac à dos et y trouva une brosse à dents et du dentifrice dans un sac plastique tout au fond. Il était à peu près sûr qu'il devait ça à Cassie, étant donné qu'il y avait aussi là-dedans une boîte de fil dentaire. Les sacs à dos qu'elle leur avait donnés contenaient quelques objets de première nécessité, au cas où ils auraient à laisser leurs affaires derrière eux : quelques RPM, une lampe de poche, une couverture et un poncho d'urgence, une gourde d'eau, des munitions, un couteau, une chemise de rechange et une trousse de premiers secours. Seule Cassie était capable de penser à y fourrer une brosse à dents. Il mit une noix de dentifrice sur la brosse à dents et commença à frotter. Quand il eut craché et rincé sa bouche, il se sentit globalement beaucoup plus propre. Ce qui était illusoire, évidemment, mais drôlement efficace tout de même. Bien vu, Cassie.

La cheville en feu, il se traîna vers le canapé pour s'asseoir, élevant le pied sur la table basse. Il n'avait pas l'habitude de rester assis à ne rien faire, surtout ces derniers temps. Il y avait toujours des choses à faire.

Chuck arriva avec une assiette et une tasse fumante.

« Du café et des biscottes au beurre de cacahuète. Un peu bizarre comme petit déjeuner, je sais, mais on écoule nos stocks en fonction de leur date d'expiration.

— Merci », dit Peter en portant le café à sa bouche.

Le café était noir, ce qui était à son goût, et les biscottes étaient plutôt bonnes. Chuck s'assit sur le canapé.

« Tu as vu Nathalie ?

— Oui.

— Tu lui as demandé de s'excuser ? Parce que c'est ce qu'elle vient de faire. »

Peter s'aida d'une gorgée de café pour déglutir la biscotte.

« Ne sois pas trop dur avec elle.

— Elle ne m'a pas écouté, dit Chuck, le visage fermé. J'ai failli la perdre.

— Je pense qu'elle a compris la leçon, cette fois. A-t-elle déjà été au contact de Lexers ?

— Des Lexers, tu dis ? Drôle de nom…

— C'est comme ça que l'armée les appelait. Ça vient du LX dans Bornavirus LX.

— Nous, on appelle ça des zombies, répliqua Chuck. C'est ce qu'ils sont. Je ne vois pas l'utilité de les appeler autrement.

— C'est un peu comme remplacer le mot "zombie" par un mot qui n'a rien à voir, "spaghetti" par exemple.

— C'est pour changer un peu de la routine ? demanda Chuck avec un sourire. Histoire de te distraire un tantinet ? »

Peter s'esclaffa.

« Voilà, c'est ça.

— Non, elle n'a jamais approché de zombie. Elle leur a tiré dessus à distance, ça oui. Au tout début, mais pas depuis. Peut-être qu'elle aurait pu, mais je ne veux pas lui faire courir de risque. Elle sait se servir d'une arme depuis qu'elle est toute petite. Et je veux m'assurer qu'elle en ait toujours une à sa disposition à partir de maintenant. »

Peter termina les biscottes et le café. C'était un petit déjeuner agréable, mais une fois que Chuck serait parti, il s'ennuirait comme un rat mort.

« Y a-t-il quelque chose que je puisse faire ici pour vous rendre service ? »

Chuck réfléchit un moment puis disparut dans le couloir. Entre-temps, Rich arriva avec le chien, qui ressemblait un peu à Laddie, le chien de John. Soudain, ces biscottes ne semblèrent plus descendre si bien que ça. Peter se souvint que Laddie avait été tué par sa faute, et il se sentait toujours follement coupable. Personne ne lui en voulait plus, certes, mais il ne se l'était jamais pardonné.

Le chien se précipita vers lui en remuant la queue. Au premier regard que Peter lui lança, le chien sauta sur le canapé et posa la tête sur ses genoux.

« Ne te gêne pas, mets-toi à l'aise, Jack, dit Rich au chien. Tu veux que je le fasse descendre ? »

Peter gratta vivement Jack derrière les oreilles. Il n'avait jamais eu de chien, mais en avait toujours voulu un.

« Non, il peut rester là, je l'aime bien.

— Très bien. Je vais quand même jeter un coup d'œil à ta cheville. »

Rich mit le pied de Peter sur ses genoux et dénoua le bandage tandis que Nat, curieuse, planait au-dessus d'eux. Une fois le pansement retiré, elle fronça le nez avec une mine dégoûtée.

« Beurk. On dirait un pied de zombie ! »

Effectivement. Il était enflé, gris-violet, comme celui d'un Lexer.

« Tout de même, il a l'air mieux qu'hier, moins gonflé, décréta Rich. C'est bon signe. Continue comme ça. Nat ira te chercher tout ce dont tu as besoin.

— Je lui ai déjà dit que j'étais à son humble service, dit-elle, et, se tournant vers Peter, lui proposa de faire une partie de jeu de société.

— Je pense que ton père est allé me chercher quelque chose à faire. »

Nathalie s'inclina.

« D'accord, Maître. »

Rich leva les yeux du bandage.

« J'arrive pas à croire que ton père ne t'ait jamais collé une fessée. Peut-être que je devrais le faire à sa place. »

Il lui tapota la main et elle s'éloigna en s'esclaffant. Apparemment, il s'agissait d'une vieille blague entre eux, étant donné le rire que déclencha sa répartie.

« Très bien, dit Rich, je vais dehors. Tu dois juste prendre un peu plus d'ibuprofène pour réduire l'inflammation. »

Deux jours plus tard, Peter avait aiguisé tous les couteaux du voisinage dans un rayon de quinze kilomètres. Sa cheville se portait un peu mieux et il pouvait rester debout plus longtemps, mais il ne parvenait toujours pas à marcher à un rythme normal. Rich lui conseillait d'être patient, mais il trouvait cela impossible. Tout le monde l'attendait à Kingdom Come, bien qu'ils ne sachent pas qu'ils l'attendaient : ils étaient sûrement en deuil.

Chuck lui avait donné d'autres petits boulots, mais il ne pouvait pas faire grand-chose depuis le canapé… ce même canapé qu'il avait déplacé avec Nathalie sous les fenêtres. Ils avaient aussi rapproché les fauteuils pour y passer les soirées ensemble, à discuter ou à jouer à des jeux.

Nathalie venait de remporter la partie de Monopoly une troisième soirée d'affilée quand Chuck leur annonça :

« Rich et moi prévoyons de sortir demain. On reviendra après-demain. On va chercher des provisions. Et je vais essayer de trouver des pommes de terre, comme tu me l'as suggéré, Peter.

— Tu pourrais nous trouver de la peinture, papa ? demanda Nat. Je voudrais repeindre les murs. Et puis, il nous faudrait du tissu pour des rideaux et de la peinture à meubles. Du blanc ou quelque chose de proche. Oh, et une machine à coudre. »

Elle leva le pouce vers Peter. Ces derniers jours, elle était obsédée par la décoration et en parlait à tout bout de champ. Si elle était sa servante, lui était son auditoire captif, et il avait le sentiment qu'elle était plutôt satisfaite de cet arrangement.

« Je vais voir ce que je trouve. Tu es sûr que ça va aller ici, Nat ?

— Bien sûr. Peter va me tenir compagnie. On ne verra pas le temps passer. »

Chuck lança à Peter un regard amusé mêlé d'une pointe de compassion.

« Très bien. Allons nous coucher, il est tard. »

Peter se brossa les dents et s'allongea sur le canapé, vêtu du pyjama de Chuck. Lorsque la porte de la chambre de Nathalie se fut refermée, Chuck s'assit sur le bord de la table basse, les mains jointes.

« Pete, j'ai une faveur à te demander… »

Il attendit le signe de tête de Peter et reprit.

« Si nous ne revenions pas, est-ce que tu accepterais de prendre Nat avec toi quand tu partiras ?

« — Tu vas revenir, Chuck.

— On ne sait jamais. C'est juste au cas où. Je veux être sûr qu'elle aura quelqu'un qui veillera sur elle. Je suis sûr que tu ferais pareil à ma place.

— Bien sûr », dit Peter.

Il avait un sentiment de fierté de voir cet homme lui confier sa fille. De toute sa vie, personne ne lui avait même confié la garde d'une maison. Certes, ses amis aisés n'auraient jamais eu besoin de son aide.

« Tu as ma parole. »

Chuck hocha la tête une fois et le remercia, avant d'entrer dans la chambre qu'il partageait avec Rich et de refermer doucement la porte derrière lui.

Le lendemain, Nat, Peter et Jack se retrouvèrent seuls dans l'appartement. À midi, ils étaient déjà allés « nager avec la savonnette », comme disait Nat. L'eau froide lui soulageait la cheville, et le savon était une bénédiction partout ailleurs. Nathalie lui fit son bandage comme le lui avait appris Rich, et ils s'assirent dans le salon pour bouquiner. Nat avait un million de livres dans sa chambre, et Peter se plongea dans l'un des romans policiers des gars.

Nathalie tenait une copie écornée de *Twilight* et la lisait comme si c'était la première fois, même si elle lui avait dit qu'elle les connaissait tous quasiment par cœur.

« Alors, qu'est-ce qu'elle a de si fascinant, cette saga *Twilight* ? »

Nathalie l'abaissa et soupira.

« C'est juste tellement romantique. Qui ne voudrait pas vivre éternellement et être aussi fort qu'un vampire ?

— C'est vrai que ça doit sûrement être mieux qu'une vie de zombie.

— De tous mes livres, c'est ce qui se rapproche le plus du roman d'amour, décréta Nat en s'enfonçant davantage dans son fauteuil. Je me contenterais même d'un type normal à ce stade.

— Ouah, un gars normal, tu dis ? Tu dois vraiment être au bout du rouleau, toi.

— Oh ça va ! » gloussa Nat.

Puis elle se pencha en avant.

« Tu étais avec des filles quand je t'ai aperçu, en bas. Celle qui était à côté de toi, qui te tenait la main, c'est ta copine ?

— C'est mon ex-petite amie, Cassie, soupira Peter.

— Mais pourquoi vous avez rompu ? Je veux des détails ! »

Il n'y avait aucune chance qu'il lui fasse davantage de confidences.

« Eh bien, ça n'a tout simplement pas marché entre nous. »

Nathalie retira des mèches tombantes de son front et roula des yeux.

« Merci, c'était captivant cette histoire. Et les autres filles ? »

Peter haussa un sourcil.

« Je ne discute pas de ça avec toi. Tu sais que tu as seize ans et que j'en ai trente, non ?

—Allez, vas-y, quoi, supplia Nat. Je n'ai pas de télé, pas de films à me mettre sous la dent, j'ai besoin d'un peu de divertissement dans ma vie. »

Peter secoua la tête. Elle s'affaissa sur sa chaise, mais se redressa un instant plus tard.

« D'accord, dans ce cas, je vais deviner. Celle aux cheveux courts, comment elle s'appelle ?

— Ana », répondit Peter, qui ne trouvait aucune bonne raison de garder le silence. Ana s'était figée d'effroi en comprenant qu'ils allaient l'abandonner aux zombies. Il avait ouvert la bouche pour lui dire que tout irait bien… qu'il irait bien, tant qu'elle et les autres seraient en sécurité… mais il n'en avait pas eu le temps.

Nathalie le scruta un instant, un sourire se dessinant au coin de sa bouche.

« Tu es amoureux de cette Ana, je le sens ! »

Peter haussa les épaules sans rien confirmer, mais elle frappa dans ses mains et siffla d'enthousiasme.

« Et qu'est-ce qu'elle en pense, Cassie ? »

Peter se décida à répondre. Il sentait qu'autrement, elle allait le harceler toute la nuit.

« Elle trouvait que c'était une bonne idée.

— Quoi ? hurla Nat, incrédule. Tu déconnes ? »

Peter n'eut pas la force de se retenir plus longtemps et éclata de rire. Nathalie, dont la curiosité n'avait fait que croître, sauta sur la place libre du canapé.

« Alors vous étiez tous potes, en gros ?

— Ouais, on était tous potes, confirma Peter. Cassie est sans doute ma meilleure amie. »

Personne n'en savait autant sur lui que Cassie, même pas Ana.

« Mais vous avez été amoureux, elle et toi, pas vrai ?

— J'étais amoureux d'elle, admit Peter, non sans un douloureux pincement au cœur. Mais ce n 'était pas réciproque, je crois.

— Comme Jacob, déplora tristement Nat.

— Comme qui ?

— Dans *Twilight*. Le loup-garou. Cassie est amoureuse d'un autre, comme Bella aime Edward. C'est le vampire du bouquin.

— Oui, ça en a tout l'air », dit Peter.

La conversation plombait un peu l'ambiance, il aurait aimé changer de sujet. Mais il allait bien. Tout s'était déroulé comme prévu.

« À ceci près que ce type n'est pas un vampire. J'ai entendu dire qu'il était plutôt sympa.

— Alors, tu l'aimes toujours ?

— Oui, mais d'une manière différente. Je veux juste qu'elle soit heureuse. C'est compliqué tout ça. »

Les yeux de Nathalie s'emplirent de larmes. Peter lui tapota l'épaule.

« Bah, ce n'est pas triste. Quand j'arriverai là-bas, tu sais qui je veux retrouver ? »

Nathalie secoua la tête.

« Ana.

— Mais est-ce que tu l'aimes ?

— Je crois que oui. »

Il scruta le mur en quête d'une échappatoire et souhaita que Rich et Chuck reviennent vite pour mettre un terme à cette conversation gênante.

« Sauf que tu aimes toujours Cassie ? »

Peter soupira, excédé. Elle n'en finissait pas de le cuisiner sur ce point, et il ne savait pas comment s'expliquer à cette gamine qui analysait tout sous la perspective du triangle amoureux d'un roman à l'eau de rose. Il ne s'attendait pas à se remettre avec Cassie, et n'en avait plus envie, bien qu'il l'aime toujours de cette affection profonde qui subsiste d'un amour puissant.

« Oui, j'imagine. »

Nat rebondit sur les coussins du canapé, elle avait retrouvé son humeur gaie.

« Bella aime aussi Jacob, mais c'est différent. Peut-être à la manière que tu décris. Il faut vraiment que tu lises *Twilight*. »

Peter ne pouvait imaginer une situation où la lecture de *Twilight* aurait pu lui être imposée de gré ou de force.

« Je pense que je vais m'en sortir sans l'aide de Bella. Mais merci pour la suggestion. »

Sur ce, il reprit son livre en main, pour signaler la fin de cet échange approfondi sur sa vie amoureuse. Nathalie lui arracha aussi sec le bouquin des mains, l'envoyant valser à l'autre bout de la pièce, avant de poser le pavé *Twilight* sur ses genoux, sans manquer de mettre sa canne hors de portée.

« Allez, s'il te plaît. Lis simplement les premiers chapitres et je te promets de te rendre ton bouquin après ça. Je n'ai personne avec qui discuter de cette histoire ! S'te plaît, allez, lis-le !

— Tu es une vraie emmerdeuse », s'écria Peter.

Il avait voulu dire ça d'un ton sévère, mais le grand sourire de Nathalie indiquait qu'il n'avait aucune autorité. Il allait lire cette saleté de bouquin à deux balles, pour la simple raison qu'elle le prenait par les sentiments, avec ces grands yeux pleins d'espoir qui lui rappelaient Bits.

« Bon d'accord, je le lirai. »

Elle hurla en sautant sur le canapé et fit une petite danse victorieuse. Elle le menait à la baguette.

CHAPITRE 4

IL AVAIT PRESQUE terminé *New Moon*, le soleil se couchait sur le deuxième jour, et Chuck et Rich n'étaient toujours pas revenus. Nathalie se tenait près de la fenêtre, la main posée sur la tête de Jack.

« Je suis sûr qu'ils vont bien, lui dit Peter, sans se convaincre lui-même. Ils savent que je suis ici et que tu es en sécurité avec moi. Ils ont sûrement besoin de rester une nuit de plus pour tout trouver. »

Nat hocha la tête et se remit à scruter les environs. Quand le soleil fut définitivement tombé, elle lui dit qu'elle allait se coucher. Peter lut un autre chapitre d'*Éclipse*, avant de souffler la lampe et de s'asseoir dans le noir, à guetter sur le lac un bruit de rames qui ne venait jamais.

Nathalie le réveilla le lendemain matin avec une tasse de café.

« Je pense que tu as raison. Je leur ai donné une énorme liste de trucs à dégoter, donc ça doit leur prendre du temps. »

Sa gorge était serrée, cependant, et la tasse de café tremblait dans sa main.

« Hé, ne pleure pas, ma chérie. »

Peter s'assit et tapota la place libre du canapé à côté de lui.

« Ils vont bien, je le sens en moi. Je te promets. »

Elle se laissa tomber à côté de lui et se lova sous son bras comme un oisillon blessé. Elle avait beau être une ado sarcastique de seize ans aspirant à une romance paranormale, elle sanglotait maintenant contre son épaule, comme une fillette apeurée. Bits, elle, avait un entourage d'adultes pour la protéger, et il était heureux d'être là pour donner à Chuck la même tranquillité d'esprit. Ils restèrent assis l'un contre l'autre un bon moment, jusqu'à ce que le café de Peter ait refroidi et que Nat ait cessé de pleurer.

Quand il se décida enfin à se lever lentement, sa cheville ne lui faisait plus aussi mal que la veille. Certes, il n'aurait pas pu courir ni même marcher vite, mais elle était en bonne voie de guérison. Une semaine ou deux plus tard, il pourrait repartir. Peut-être en compagnie de Nathalie, bien qu'il espérât le contraire. Elle avait besoin de son père.

L'après-midi leur apporta une tempête de pluie, assez puissante pour décourager deux hommes de traverser le lac à la rame. Peter et Nat étaient plongés dans une partie de Scrabble lorsque des pas résonnèrent sur le perron de la cabane. Chuck fit son entrée, dégoulinant de pluie.

« Papa ! » cria Nat en se jetant dans les bras de son père. Peter imagina Bits en faire de même avec lui quand il la reverrait, et se mordit la joue.

« Désolé du retard, les amis, dit Chuck en regardant Peter. Mon dieu, ce que j'aurais aimé pouvoir vous joindre. On s'est retrouvés coincés dans un magasin, et on a été obligés d'attendre qu'ils se barrent. Mais tout va bien maintenant. »

Il prit le visage de Nat entre ses mains et la regarda, les yeux brillants.

« On est sains et saufs, ma belle. »

Il hocha la tête de bas en haut, et leur demanda de l'aide pour ramener les provisions à la cabane. Nat enfila prestement son manteau et courut jusqu'à l'eau.

« Sois prudente, cria Chuck avant de lui emboîter le pas. On s'est retrouvés cernés par des centaines de zombies. Il va falloir refaire quelques trajets de plus pendant que tu es avec nous, si tu es d'accord. Ensuite, on restera tranquilles ici jusqu'à l'hiver. En espérant qu'ils finiront congelés.

— Oui, espérons-le. Faites ce que vous avez à faire, les gars. Je ne vais nulle part pour l'instant. »

Et Peter n'allait certainement pas laisser Nat sans être sûr et certain que ces deux-là n'allaient pas repartir.

Peter se posa sur une chaise et entreprit de passer le rouleau à peinture sur le mur. Il s'était vu confier la moitié inférieure, tandis que Nathalie s'occupait de la partie supérieure. La cabane était déjà beaucoup plus lumineuse. Rich avait trouvé une teinte bleu clair prémélangée, qui s'avérait être la couleur idéale. Il avait aussi déniché des rideaux blancs et des tringles, qu'il avait montés au-dessus des fenêtres. Quand il eut passé la deuxième couche sur sa portion de murs, Peter déplaça sa chaise vers la machine à coudre qu'ils avaient installée sur la table.

« Mais comment ça va marcher sans électricité ? demanda Nathalie.

— Tu as vu mes longs gants de cuir ? » répondit-il.

Elle acquiesça.

« Eh bien, Cassie en a fait une paire à tout le monde avec sa machine à coudre. Il suffit de tourner la manivelle sur le côté et elle coud lentement. C'est tout ce que fait l'électricité.

— Ah. Cool. »

Peter prit une longueur de tissu moderne floral bleu et marron choisi par Rich. Il avait l'air tout droit sorti d'un magazine et, curieusement, allait à merveille avec les murs, le canapé et les chaises.

« J'aimerais que tu m'en dises plus sur ton oncle. Je dois dire qu'il m'intrigue. Il ne dit jamais rien et s'habille comme un plouc, mais il écoute de la musique classique et a un goût exquis en matière de décoration intérieure. »

Pas de risque que Rich l'entende, car les deux frères étaient partis tôt ce matin-là pour une nouvelle expédition. Le lendemain serait son seizième jour dans la cabane, et il massait sa cheville pour pouvoir repartir dès que possible. Rich estimait qu'il lui faudrait encore passer une autre semaine chez eux pour être en état de voyager, à condition de ne pas trop solliciter sa cheville.

« Oncle Rich a toujours été comme ça. Ma grand-mère écoutait de la musique classique et n'arrêtait pas de redécorer son intérieur. Je suppose qu'il a fini par y prendre goût. Ma mère aurait sans doute voulu que mon père lui ressemble davantage. »

Peter songea à lui demander ce qu'il était arrivé à sa mère, mais les yeux embués de Nat et la façon dont elle se mordillait la lèvre inférieure le retint de se montrer trop indiscret.

« Il n'a pas toujours été aussi silencieux, poursuivit Nat. Il est retourné chez lui pour chercher mes cousins et ma tante, et quand il est revenu, il était muet. C'est ce qu'a dit mon père : il est revenu muet. Il ne veut pas en parler, il ne dit rien à leur sujet, si ce n'est qu'il est arrivé trop tard.

— Je vois. »

Peter imaginait trop bien le spectacle qui avait attendu Rich, et s'efforça de dissiper cette pensée. Il y avait de quoi rendre quelqu'un muet pour le restant de ses jours. Il entreprit de mesurer et découper le tissu destiné à recouvrir les coussins. Ils avaient préalablement coupé des carrés et lu le mode d'emploi de la machine. Il n'en avait jamais utilisé auparavant, mais cela ne lui paraissait pas si sorcier.

Nat essuya une tache de peinture de sa joue.

« Tu penses qu'Oncle Rich est bizarre, mais tu es comme lui, tu sais. Tu as beau avoir tué tous ces zombies comme un ninja, tu es quand même en train de décorer la maison avec moi. Et je sais que tu avais un goût pour les vêtements de luxe, à une époque pas si lointaine.

— C'est pas faux », admit Peter en riant. Il ne s'était pas rendu compte que lui aussi pouvait être perçu comme un paradoxe ambulant.

Une heure plus tard, il posait à terre en soupirant sa première taie d'oreiller aux coutures inégales. Il avait encore plus d'admiration pour les gants de Cassie. La façon dont elle avait si bien assemblé ces bandes de cuir par coutures parfaites en incorporant un élastique et une lanière pour joindre les deux gants était admirable. Pour lui, coudre un simple carré avait été un vrai calvaire. La bobine de fil restait pour lui un mystère complexe, même s'il avait réussi à la faire fonctionner. Nathalie vint s'asseoir à ses côtés, et ensemble ils s'attaquèrent à la deuxième taie d'oreiller, qu'ils parvinrent à coudre un peu plus carrée que la première. La troisième s'avéra décente, et la quatrième presque parfaite. Ils les placèrent enfin sur le canapé et les fauteuils et s'accordèrent un moment pour admirer leur travail.

« Ça n'aurait jamais été aussi réussi sans ton aide, déclara Nathalie. Il ne nous reste plus qu'à donner un coup de pinceau aux tables et ce sera fini.

— Gardons ça pour demain. C'est le moment d'aller se coucher. »

Nathalie se dressa sur la pointe des pieds et l'embrassa pour lui souhaiter bonne nuit comme s'il faisait partie de la famille. Il fit mine de lui attraper le bout du nez et de le glisser dans sa poche arrière. Elle lui adressa un sourire indulgent, tout comme Bits quand il lui faisait la même blague. Même si elle était deux fois plus jeune que Nat, Bits était déjà trop grande pour ce jeu puéril d'attrape-nez.

Nat haussa les sourcils.

« Et je suis censée te demander de me le rendre, ou un truc du genre ?

— Ah non, dit Peter en tapotant sa poche. J'ai toute une collection. Je les garde.

— Ouah, et moi qui pensais que tu étais un gars cool. Tu es aussi benêt que mon père. »

Peter sourit.

« Je prends ça comme un compliment.

— Bonne nuit, bizarross' », gloussa Nat en se dirigeant vers sa chambre.

Elle se retourna vers lui en ouvrant sa porte :

« Mon père m'a dit que s'il ne revenait pas, j'allais devoir te suivre à Kingdom Come. Il voulait que je le sache, juste au cas où.

— C'est vrai, dit Peter, mais ne t'inquiète pas, ils vont revenir.

— Je sais. Je voulais juste que tu saches que je suis au courant de votre deal à tous les deux. »

Elle posa ses mains sur ses hanches.

« Au fait, tu as bientôt fini *Révélation* ? J'en peux plus d'attendre ! Il faut qu'on en parle ! »

Sur ce, Nat disparut dans sa chambre et ferma la porte. « Drôle de gamine, pensa Peter. Dans une même tirade, admettre que son père ne reviendrait peut-être jamais puis exiger un symposium *Twilight*… Les adolescents sont des êtres si étranges. » Il se sentait absolument ravi de ne plus en être un. L'idée, même fictive, que l'un d'entre eux puisse rivaliser avec un vampire étincelant le dépassait. Un jour, Bits, elle aussi, serait ado, se dit-il, maussade, avant de reprendre le livre avec une grimace. Autant finir ce bouquin et savoir dans quoi il s'embarquait.

Tous les jours, invariablement, Peter faisait le tour de l'île, encore et encore. Il courut dans les broussailles aussi souvent que possible, jusqu'au jour où il ne sentit plus aucune douleur à la cheville. Il était prêt à reprendre la route, et lorsqu'il annonça son intention de partir dès le lendemain, ses hôtes parurent déçus. S'il n'avait eu nulle part où aller, il serait volontiers resté auprès d'eux, car il avait noué des liens avec eux ces dernières semaines. Mais septembre était déjà à moitié écoulé et il voulait atteindre Kingdom Come avant que la neige ne commence à tomber.

« Je savais que ce jour viendrait, déclara Chuck sur la terrasse après le dîner. Et je te remercie d'être resté plus longtemps que nécessaire, pour tenir compagnie à Nat. Tu vas nous manquer, Pete.

— Rien ne vous empêche de venir avec moi. Je sais que vous avez beaucoup bossé pour construire cet endroit, mais je sais aussi que cette zone de sécurité où je vais est la plus sûre que je connaisse. »

Chuck soupira.

« L'année prochaine, peut-être, si nous avons encore besoin de zones de sécurité. Nous ne sommes pas encore prêts à tout quitter.

— Puis-je te demander pourquoi ?

— Tu l'as peut-être deviné, c'est à cause de la mère de Nathalie. J'attends qu'elle revienne. »

Le visage de Chuck s'adoucit, et il fit un léger sourire quand il vit que Peter feignait de se montrer dupe.

« Je sais que ça paraît illusoire. Mais je veux lui donner un peu plus de temps.

— Où est-elle partie ?

— Je n'en suis pas sûr. On était séparés, et ce week-end-là, j'avais la garde de Nat. Au moment où je suis arrivé chez elle pour récupérer Nat, elle était introuvable. C'est une femme intelligente. Elle a pu s'en sortir, s'être trouvé un refuge. Pas comme la femme de Rich… »

Peter hocha la tête.

« Nat m'en a parlé.

— Elle ne connaît pas toute l'histoire. D'après Rich, sa femme a attaqué ses enfants. Mon neveu était mort, mais ma nièce et ma belle-sœur étaient toujours là. Il a été obligé de… »

Peter remplit le silence.

« Mince.

— Ouais. Quoi qu'il en soit, j'ai laissé des messages partout où ma femme pourrait les voir, lui expliquant où nous sommes. C'est-à-dire l'endroit où l'on venait s'embrasser, à l'époque du lycée. »

Il partit dans un petit rire.

« Pour éviter les détails.

— J'espère qu'elle reviendra. »

Chuck donna un coup de pied dans un caillou qui traînait sur les marches du perron.

« Moi aussi. Je sais qu'elle fera tout ce qui est en son pouvoir pour revenir. Peut-être pas pour moi, mais pour Nathalie, en tout cas. Elle ferait n'importe quoi pour être avec sa fille.

— Eh bien, vous savez où me trouver si jamais vous changez d'avis.

— Je parie que tu as hâte d'y être, non ? » fit Chuck.

La commissure de ses lèvres bien droites se courba légèrement.

« Ta gamine est là-bas, et Nat m'a parlé des autres.

— Je n'ose pas trop imaginer ce qu'elle a pu te raconter. »

Chuck lui donna une grande tape dans le dos et hurla.

« Elle a dit qu'elle avait du mal à croire qu'il puisse exister une seule fille qui ne t'aimerait pas en retour. Je pense que tu es peut-être encore plus fort qu'Edward. »

Peter eut un rire, avant d'admettre :

« Eh bien, j'avoue que je n'ai pas toujours été un type sympa. C'est sans doute pour ça qu'une certaine fille ne m'a pas aimé en retour.

— Je comprends, dit Chuck avec un soupir. J'aurais pu faire beaucoup de choses différemment. J'aime toujours ma femme, et j'espère qu'elle me redonnera ma chance un jour. Tu as la possibilité de changer, de repartir autrement. Alors, saisis cette chance. »

Peter regarda le grand visage doux de Chuck. C'était le genre de type qu'il aurait pu considérer comme un plouc quelques mois plus tôt, s'il avait même daigné lui prêter attention. Il n'aurait pas été ouvertement impoli, mais l'aurait plutôt traité, comme la plupart des gens, comme quelqu'un d'invisible.

Sans doute parce qu'il se sentait lui-même invisible. C'était ce qu'il avait confié à Cassie, un soir. Elle lui avait dit que c'était faux, mais il avait fait semblant de s'endormir pour ne pas se mettre à sangloter devant elle. Le lendemain matin, elle avait voulu en reparler, mais il l'avait évitée, et il avait noté un mélange d'impatience et de peine dans le regard qu'elle lui avait jeté. Il avait alors su que c'était sa dernière chance de se rapprocher d'elle, et qu'il n'avait pas su la saisir.

Cela avait été son grand tort, pendant toute la durée de leur étrange relation. Chaque fois qu'il la sentait s'éloigner, il s'ouvrait à elle, juste un peu, juste assez pour qu'elle puisse entrevoir ce gars qu'il avait été le soir de leur rencontre. Puis il prenait peur et s'éloignait à nouveau. Tout cela avait dû la rendre folle.

Mais dorénavant, il n'avait plus peur. Il y avait eu tellement d'autres choses beaucoup plus effrayantes ces derniers temps. Les machettes et les fusils avaient leur utilité pour apaiser ses nerfs, mais ce qui était le plus efficace, c'était une simple conversation avec quelqu'un. Et pour la première fois en dix-huit ans, il avait des gens à qui parler. Il avait une fille, une meilleure amie, une petite amie potentielle et toute sa nouvelle famille. Quelle chance avait-il eue, après tout, de se voir offrir une seconde chance dans la vie, et de ne pas tout foutre en l'air pour la énième fois ?

Peter rendit à Chuck sa tape solidaire.

« J'ai déjà saisi ma chance, et je ne la lâcherai pas cette fois. »

Le lendemain matin, Rich, Chuck et Nat regardèrent Peter jeter son sac à dos sur le siège passager de sa nouvelle camionnette.

« Tu es sûr que tu ne veux pas la Mercedes, plutôt ? demanda Chuck. Elle est à toi si tu la veux.

— J'en suis sûr, répondit Peter en souriant, donnant un coup de pied dans un pneu. Je suis plutôt un gars à camionnette, maintenant. »

Nathalie se jeta dans ses bras.

« Tu vas trop me manquer !

— Promets-moi de ne pas attendre indéfiniment ton vampire à paillettes, d'accord ? lui murmura-t-il à l'oreille.

« — Je pencherais bien pour toi, Peter, si tu n'étais pas si vieux, lui lança Nat, et il s'écarta, les yeux pétillants.

— Merci, dit-il, je suis flatté. »

Il aurait voulu qu'ils viennent avec lui. Il avait regretté, quelques semaines auparavant, de laisser les Washington au camping après quelques vaines promesses de retrouvailles. Ses chances de revoir Chuck, Rich et Nat étaient minces, voire nulles. Il comprenait le raisonnement de Chuck et son espoir désespéré, mais il fallait se regrouper, se serrer les coudes. C'était peut-être le seul moyen de reprendre possession du monde face aux Lexers.

Il tendit la main à Rich :

« Merci pour tous les soins, mon infirmier.

— Merci d'avoir décoré la cabane, déclara Rich avec l'un de ses rares sourires. C'est cosy, maintenant. Mon frère m'aurait traîné dans la poussière si j'avais suggéré quoi que ce soit. »

Chuck donna un petit coup de poing dans l'épaule de Rich et une tape dans le dos de Peter.

« Fais attention à toi sur les routes. »

Peter hocha la tête et grimpa dans la camionnette. Il déplia la carte, où quelques itinéraires que Rich savait sûrs avaient été surlignés, et la posa à plat sur le siège à côté de lui. Elle l'amènerait au tiers du parcours. Après cela, il n'aurait d'autre aide que son propre jugement. Il mit le moteur en route.

« Adieu, la compagnie ! » cria Nat en agitant la main.

Elle s'en était souvenue. Il gloussa et leur adressa un dernier salut.

« Adieu, la compagnie. »

Sur ces mots, il commença à descendre la route.

CHAPITRE 5

LA PREMIÈRE PARTIE de son trajet l'avait mené devant des maisons dispersées et des champs étouffant sous la broussaille. Partout, tout avait l'air désolé. Même les habitations qui ne montraient aucun signe d'attaques (fenêtres brisées ou corps gisant à proximité) avaient l'air échouées, solitaires. Il avait l'impression d'être le dernier humain sur Terre. Ce n'était pas le cas, bien sûr, et savoir cela était la seule chose qui le maintenait sain d'esprit. Il essaya d'imaginer quelqu'un conduisant à l'aveuglette sur ces routes de campagne, espérant apercevoir autre chose que les petits groupes de Lexers qu'il avait croisés jusqu'à présent, et sentit à quel point il était tentant d'abandonner. Le Peter d'avant aurait sans doute jeté l'éponge depuis belle lurette, mais lui, non. Pas question.

Il savait qu'il y avait des gens bien ici-bas, quelque part, cachés dans des campings ou de minuscules îles. Et même s'il découvrait, arrivé à Kingdom Come, que ces êtres d'exception n'étaient pas parvenus à leur destination, il ne cesserait pas de se battre. L'intérieur de sa joue commençait à saigner à cette pensée, mais il était obligé d'y faire face. C'était la réalité.

Cela étant dit, il avait accordé un peu trop d'attention à la réalité dernièrement. Il se concentra sur la route, qui avait rétréci en une voie et demie de boue séchée et défoncée. Si Rich ne lui avait pas assuré que c'était le bon itinéraire, il aurait déjà fait demi-tour. Enfin, il déboucha avec soulagement sur une route qui semblait avoir été empruntée par d'autres véhicules que des camions de transport. Il la suivit en direction du nord, bifurquant sur des routes plus étroites, traversant parfois de petites communes où déambulaient des groupes de Lexers autour d'épiceries et d'intersections vides.

Il venait tout juste de sortir du territoire couvert par la carte quand il tomba sur son premier barrage routier. Comment cet embouteillage avait-il pu se produire au milieu d'un vieux chemin de terre ? Cela lui échappait, mais le fait était que quatre voitures lui barraient la route et qu'il n'y avait aucun moyen visible de les contourner. Il jeta un coup d'œil dans les bois pour s'assurer qu'il était seul et fit de son mieux pour ne pas faire de bruit avec ses bottes tandis qu'il se faufilait entre les véhicules, réfléchissant à une solution. Dans l'un d'eux, il vit un corps sans bras, la tête appuyée contre la vitre.

Il passa entre le cadavre et la voiture garée juste à côté et faillit mourir de frayeur en voyant le corps bouger. La tête avait cogné contre la fenêtre, au moment où il se faufilait, et des flocons de peau avaient tourbillonné autour du visage momifié. Peter vit ensuite le type s'agenouiller sur le siège, et le regarder avec des yeux affamés, veinés de rouge. En expirant lentement, Peter le regarda se débattre. Parfois il avait l'impression d'être dans un rêve, ou plutôt un cauchemar. L'existence même des zombies était absolument inconcevable, impensable. Nat n'avait peut-être pas tort d'attendre son vampire à paillettes. Il allait peut-être se matérialiser. Tout était possible désormais.

Il se dirigea vers la voiture en tête du bouchon, une Prius gris métallisé positionnée en travers de la route. Les voitures derrière elle l'avaient percutée quand elle s'était arrêtée net après avoir heurté quelque chose. Cette chose était toujours sous la roue avant, et toujours en vie. Ou morte-vivante, selon le point de vue. Elle tendait les bras et claquait des dents, si impatiente de se tirer de là qu'elle avait l'air sur le point de laisser derrière elle ses jambes coincées sous le pneu. Peter, sans hésiter, lui planta sa machette dans l'œil.

La portière de la Prius était ouverte, mais les clés avaient disparu. À sa connaissance, il n'y avait pas d'autre moyen de la faire passer au point neutre. John aurait sans doute trouvé un moyen. Tout ce que Peter connaissait en mécanique, c'était changer un pneu, vérifier le niveau d'huile et autres procédures de base… Il n'était pas un complet ignare, mais le nez sous un capot, il était perdu. Se sentant bête, il tenta néanmoins de pousser la Prius. Il aurait eu beau être un superhéros selon Nat, tous ses efforts n'auraient pas suffi à faire bouger la voiture.

En repassant devant la voiture à l'intérieur de laquelle était coincé le zombie, il lui fit un doigt d'honneur qui fit sortir l'autre de ses gonds. Puéril, peut-être, mais ça faisait du bien. Il était temps de faire machine arrière. Quatre heures de route, et il n'était qu'au tiers du chemin. Il savait dès le départ que ce voyage ne serait pas de la tarte, mais cette mésaventure était plus que décourageante. Si toutes les routes étaient dans le même état que celle-ci, il allait devoir se trouver un VTT. Sérieusement, ce n'était pas une mauvaise idée. Il allait retourner en arrière, chercher un vélo et le jeter à l'arrière du camion, au cas où.

Il trouva son bonheur dans le garage d'une maison quelque part au sud de la ville de Rutland. Le vélo était assez grand pour son mètre quatre-vingt et les pneus n'étaient pas à plat. Il y avait même des sacoches sur les côtés et une petite pompe. Il songea à rentrer dans la maison, mais après avoir frappé et n'avoir eu pour réponse qu'une série de coups sourds, il décida de jouer la carte de la sécurité. Il avait assez de nourriture pour plusieurs jours. Ce n'était pas la peine de s'attirer des ennuis. Ana aurait probablement insisté pour entrer, juste pour rire. Il secoua la tête et sourit. *Banane…* c'était le surnom que Penny et Cassie donnaient à Ana. Ça lui allait si bien.

Des Lexers étaient passés derrière la porte du garage tandis qu'il s'y trouvait, et il vérifia attentivement la camionnette avant de charger le vélo et de repartir. Étant donné le nombre de zombies qu'il avait vu passer dans cette zone somme toute assez isolée, se diriger vers une ville de la taille de Rutland lui sembla une très mauvaise idée.

Il se dirigea donc vers l'est et le nord, le long de chemins de terre battue et de routes cabossées qui ne valaient pas mieux, avec leur goudron rapiécé, mais qui au moins étaient praticables. Tant que la route serpentait à travers les terres agricoles, il s'y trouvait toujours un accotement ou une bande d'herbe pour contourner les éventuelles voitures à l'abandon. Ce ne fut que lorsque la route se rétrécit brutalement dans les bois que Peter fut confronté à de sérieux problèmes. Google Maps lui aurait été utile, car sa carte ne montrait pas ce terrain traversé par la route. Une chance qu'il y ait peu d'arbres dans le Vermont. Il gloussa à sa propre blague et se rendit compte qu'il était à nouveau d'humeur joyeuse. Il tapotait en rythme sur le volant et fredonnait dans sa barbe irrépressiblement. Dieu seul savait pour quelle raison.

Le soleil qui pénétrait dans le camion était suffisamment chaud pour briser une vitre. Il n'osait pas enlever sa veste en cuir au cas où il lui aurait fallu courir. Le temps avait changé ces dernières semaines. L'air lourd et humide était devenu frais, et les feuillages commençaient à prendre des couleurs d'automne. Le trajet aurait dû se poursuivre encore sur deux cents kilomètres, mais il lui en restait probablement plus de deux cent cinquante en incluant les routes secondaires. Il y avait suffisamment d'essence dans le réservoir, même s'il avait dû revenir en arrière à quelques reprises pour refaire le plein.

Il roulait sur un grand axe routier en direction de Northfield, et il s'autorisait enfin à envisager une arrivée à Kingdom Come avant la tombée de la nuit, quand il heurta un mur de plein fouet. Et ce n'était pas au figuré. C'était un mur de parpaings, de briques et de pierres construit juste au nord d'une intersection à deux routes, qui reliaient un grand bâtiment d'un côté et une maison de l'autre, avant de repartir un peu plus loin.

Il se gara parallèle au mur et grimpa sur le toit de la camionnette. Les bâtiments d'un petit collège se dressaient sur la gauche, et des maisons d'habitation sur la droite. Les bâtiments blancs du collège étaient entourés d'arbres virant au jaune et à l'orange. C'était une scène agréable, malgré l'ambiance désolée. Il n'y avait pas un chat derrière le mur, juste un thermos renversé et un tas de chaises qui donnaient l'impression que quelqu'un avait tenté d'ériger des barricades à un moment donné.

« Oh hé ! Y a quelqu'un ? »

Il détecta du mouvement sur le parking. Puis un Lexer apparut, suivi d'une douzaine d'autres. Peter savait bien qu'ils ne dormaient pas lorsqu'ils ne pourchassaient pas les gens, mais ce qu'il avait un peu oublié, c'était à quel point ils se réveillaient du tac au tac quand ils sentaient une présence humaine à proximité. Peter ne leur laissa pas le temps de s'approcher. Il repartit aussi sec vers le sud au volant de sa camionnette, de retour vers les petites routes défoncées et jonchées d'obstacles.

Le voyage prit une mauvaise tournure sur la route 100. Il n'avait eu d'autre choix que de l'emprunter. Les routes sinueuses l'avaient toutes déposé sur la route principale pendant au moins quelques kilomètres, et il se trouva contraint de passer sous la I-89. Tandis qu'il se frayait un chemin à travers un labyrinthe de voitures sur le pont qui menait au viaduc, un coup de feu tonna et son pneu avant éclata. « Mer… credi…, pensa-t-il, c'est la fin des haricots », quand le camion dérapa vers la gauche pour s'immobiliser contre l'une des voitures abandonnées qui, pour une fois, ne lui parut pas si mal placée que ça. Il avait slalomé un moment, dans un parcours qui semblait conçu pour ralentir une voiture et donner à un tireur aguerri du temps pour bien viser le conducteur. Sa tête vint taper contre le volant, mais le choc fut assez lent pour qu'il s'en tire sans égratignure.

« Sortez du camion ! cria à son attention une voix d'homme provenant de sous le viaduc. Tout de suite ! »

Peter recula le siège du conducteur pour se donner la place de s'accroupir tout en ouvrant sa portière.

« Qu'est-ce que vous voulez ? » cria-t-il.

Il avait du mal à faire porter sa voix ; sa bouche était asséchée.

« Je veux que tu sortes de ton véhicule, mon pote ! »

Il empoigna lentement son pistolet, réfléchissant à ce qu'il valait mieux faire. Peu importe ce que ces types voulaient, cette histoire n'allait pas bien se terminer pour lui. Il leur donnerait tout ce qu'il avait, ce n'était pas grand-chose, mais ce qui était certain, c'était que des types capables de monter un tel guet-apens n'avaient sans doute pas l'intention de vous laisser repartir les mains vides.

Il cria de nouveau pour mieux localiser la voix.

« Pourquoi ? »

À cet instant, le pare-brise se fissura sous l'impact d'une autre balle, et la voix reprit.

« Sors du camion maintenant, ou on tire jusqu'à ce que tu ne *puisses plus jamais* sortir. »

Le type était à trente mètres de lui, derrière l'un des piliers de béton. Peter tendit la main vers le siège passager et attrapa vite son sac à dos, dans lequel il fourra la carte, et le passa sur une épaule. Il glissa son pistolet dans l'entrebâillement de sa portière ouverte et tira sur le pilier. Il attendit que plusieurs coups de feu s'ensuivent. Ils retentirent à un rythme régulier – boum, boum, boum – comme s'il n'y avait qu'un seul tireur. Il était possible qu'ils ne veuillent pas gaspiller de munitions, mais Peter pencha plutôt pour l'idée qu'il ne s'agissait que d'un type isolé avec son arme. Un type désespéré, qui pouvait être des deux côtés de la morale. Soit ils étaient suffisamment désespérés pour le laisser partir s'il leur donnait ses provisions, soit ils étaient si désespérés qu'ils le tueraient à vue.

« Je n'ai pas grand-chose », dit Peter. Il fit un gros effort pour ne pas laisser sa peur transparaître. « Mais je te donne ce que j'ai si tu me laisses partir. Je veux juste continuer ma route vers le nord. »

Une longue minute de silence s'écoula derrière le pilier. Enfin, une balle vint frapper sa portière. Il avait sa réponse, ce qui l'agaça. Il aurait pu offrir à ce type sa chemise et son pantalon, il l'aurait tué quand même. Ainsi soit-il. Peter tira de nouveau vers le pilier et attendit les coups de feu en réponse, puis d'autres, jusqu'à ce que le silence revienne. Peut-être rechargeait-il ou avait-il changé de stratégie… Peter décida de tenter sa chance. Il retira la clé du contact (le type aurait du mal à déplacer la camionnette sans ça) et la balança par-dessus le pont avant de courir se planquer derrière son véhicule. Il y avait une autre route au nord-ouest qu'il pouvait emprunter en passant sous la I-89. Il abaissa le hayon et tira le vélo au sol.

Il fallait qu'il se faufile la tête baissée dans le dédale de véhicules. Au bout du pont, la route tournait et il pourrait s'échapper bien avant que le type ne parvienne à déplacer la camionnette et à le poursuivre. Il se pouvait même qu'il abandonne la partie. Peter se pencha et tira de nouveau. Cette fois, il n'y eut pas de représailles, mais quelques bruits sourds qui résonnèrent comme des baskets sur du béton. Les pas s'accélérèrent soudain puis s'arrêtèrent, comme synchronisés à ses propres battements de cœur.

Il prit garde à ranger ses pieds derrière le pneu de la camionnette et regarda par-dessous la carrosserie. Le bruit de pas reprit, accompagné d'un cliquetis de métal. C'est alors qu'il aperçut, à deux voitures de distance, devant lui sur sa gauche, une pointe de basket émerger de derrière un véhicule. Dans un léger bruissement, le pied s'avança sur la route, comme si son propriétaire avait glissé au sol. Le bas déchiqueté d'une jambe vêtue de jean apparut.

Peter avait certes un bon fond, et ne voulait pas tuer des vivants s'il n'y était pas absolument contraint, car il en restait si peu. Mais parfois, cela s'imposait. Il s'allongea sur la route derrière le pneu et braqua son regard sur la partie la plus charnue du mollet de l'homme. Il retint sa respiration, comme le lui avait appris John, et appuya sur la détente.

L'explosion de jean et de sang surprit Peter par sa brutalité. Il s'était imaginé un trou, une petite perforation, comme celle qu'avait subi Nel au bord de la partie charnue du mollet. Mais cette fois, le 45 avait démoli le tibia du type. Il était devenu un appât pour Lexers. Peter se rendit compte qu'il s'en fichait ; lui aussi pouvait avoir un cœur de pierre, comme tout le monde.

Il saisit son vélo pour partir, mais s'accroupit et entendit des pas entre les cris d'agonie du type à terre. Il y avait peut-être plus d'une personne sous ce viaduc. Mais les pas ne se précipitaient pas pour venir au secours du camarade à terre, et n'étaient pas discrets non plus. Et ils provenaient des deux extrémités du pont. Le bruit avait dû attirer des Lexers.

Il resta accroupi, la main agrippée sur le cadre du vélo, à attendre. Les pas venant de son côté de la camionnette se rapprochaient. Ils allaient passer devant lui pour s'approcher de la source des cris, qui s'étaient transformés en grognements. Le type essayait de faire le moins de bruit possible, mais c'était peine perdue, étant donné l'état de sa jambe, quasi arrachée sous le mollet.

Rester caché était la meilleure option. Peter ne savait pas combien de Lexers s'approchaient, et s'il serait capable de se frayer un chemin à travers tout ça. Il rampa sous la camionnette, tirant son sac à dos à lui, et regarda les Lexers s'approcher. Il y en avait au moins une douzaine, à en juger par le nombre de pieds. Des baskets, des pieds nus aux orteils sales et abîmés, et une chaussure italienne sans compagne défilèrent, se dirigeant vers le type à terre, qu'ils sentaient et entendaient.

Peter fouilla dans sa poche et tripota les balles qu'il y avait rangées, juste au cas où. Il les introduisit dans le pistolet, ferma silencieusement le cylindre et regarda d'autres Lexers suivre le premier. Ils passaient près de l'arrière de la camionnette, et plusieurs trébuchaient au passage sur le cadre de son vélo. Le type se mit à pousser des cris d'animal effrayé. Peter se positionna pour pouvoir tourner la tête dans les deux sens. D'où il était, il ne pouvait voir que l'arrière des jambes de l'homme qui tentait de se redresser sur son pied restant, s'appuyant sur les voitures pour repartir vers là d'où il était venu. Puis il cessa de sautiller, quelques coups de feu retentirent et deux Lexers s'effondrèrent sur le macadam. Mais d'autres Lexers arrivaient, de son côté comme du côté du pont. Ils finirent par prendre le dessus sur le type. Quatre autres coups de feu retentirent, et Peter comprit que le gars était foutu, parce que ses sauts étaient devenus sauvages, désespérés. Et puis un cri aigu résonna, bien différent de la voix qui lui avait demandé de sortir de la camionnette, quelques minutes plus tôt.

Le corps du type s'affala au sol et Peter eut un aperçu de son agresseur. Des cheveux foncés, un visage fin. Un gars ordinaire, peut-être même une personne gentille. Il se traîna dans la direction de Peter, bouche ouverte, jusqu'à ce qu'un Lexer se jette sur lui et enfonce ses dents dans son échine, lui soutirant un hurlement. Il croisa alors le regard de Peter sous le camion et ses yeux s'écarquillèrent. « Au secours ! Aide-moi ! »

Mais il était bien trop tard pour lui venir en aide, et Peter ne l'aurait pas commise, cette folie, de toute façon. Il était louable de se sacrifier pour son prochain, mais il valait parfois mieux s'abstenir, surtout quand il s'agissait d'un type qui pensait une minute plus tôt que la vie de Peter ne valait pas un kopek.

Cela étant dit, c'était un spectacle terrible à regarder. Ils le dévoraient vivant, le déchirant membre après membre, jusqu'à ce qu'un Lexer vienne s'agenouiller près de sa tête et bloque la vue à Peter. La plupart des Lexers qui passaient devant lui étaient arrivés près du type et étaient bien occupés. Le moment était venu de saisir sa chance. Il se prépara à se sauver en courant, mais d'autres pieds contournèrent une voiture derrière lui. Peut-être valait-il mieux attendre qu'ils soient passés à autre chose. Il pouvait rester sous la camionnette aussi longtemps que nécessaire.

Mais l'univers en avait décidé autrement. Un Lexer vint se prendre le pied dans le cadre du vélo et tomba au sol. Peter se figea, quand les yeux noirs bordés de jaunisse rencontrèrent son regard. La bouche s'ouvrit, exposant des dents ébréchées, et il poussa un gémissement hideux qui fit s'interrompre les autres.

Les cris du type ne suffisaient plus à couvrir les sifflements de ce Lexer, il n'y avait plus que des sons de mâchoires humides et grinçantes. Le Lexer tenta de se traîner vers Peter, mais ses pieds étaient coincés dans le cadre. Deux Lexers se laissèrent tomber sur le ventre, et leurs visages tout aussi rongés et pourris que le premier se mirent à reluquer à leur tour sous le châssis.

Il fallait déguerpir en vitesse. Il roula dans l'espace en forme de V laissé entre la camionnette et la berline dans laquelle il s'était écrasé. Oublié le vélo, qui ne mènerait nulle part, il enfila son sac sur son dos. Le soleil l'aveuglait à moitié et il leva le bras devant ses yeux pour mieux voir à quoi il avait affaire. Une bonne douzaine de Lexers se trouvaient entre lui et l'extrémité du pont, circulant dans ce passage qu'il avait traversé tout à l'heure. Il sauta sur le capot de la berline, et se mit à courir sur la toiture puis le coffre avant de sauter sur la carrosserie du véhicule suivant.

Peter avait sauté sur trois voitures avant que les Lexers attroupés autour de leur dîner ne le remarquent. Le labyrinthe qui l'avait fourré dans ce pétrin était maintenant ce qui le sauvait. Il sauta de voiture en voiture, puis il se dressa sur le capot d'une Taurus au bout du labyrinthe, où attendait un groupe de six Lexers. Il n'était pas simple de tirer sur des cibles en mouvement, en particulier quand elles se déplaçaient de manière si aléatoire, et ce ne fut que lorsqu'elles se furent rapprochées qu'il tira sur trois têtes d'affilée. Jetant un coup d'œil vers l'arrière, il comprit qu'une quinzaine d'autres les rejoindrait dans une poignée de secondes. Il fit passer son pistolet vers sa main gauche, tira sa machette de son dos de la main droite, et sauta sur les trois pieds nickelés qui se tenaient près de lui.

L'impact en renversa un au sol. Il colla son pistolet sous le menton de celui qui lui agrippait le bras et tira, dans une giclée de sang noir. Poussant la poitrine du troisième, il dégagea assez d'espace pour lui enfoncer la lame de sa machette dans la bouche.

Il tenta ensuite une échappée, mais fut tiré en arrière par celui qu'il avait projeté au sol, qui avait passé un bras dans la sangle inférieure de son sac à dos et y était maintenant accroché, claquant des dents. Peter lui asséna de grands coups de talon vers l'arrière, mais le Lexer tenait bon. C'était un vrai poids mort – doté de dents. Les autres Lexers étaient à six mètres de distance ; il perdait son avance.

Il dégrafa les sangles de son sac pour le laisser tomber au sol. Il pouvait très bien se passer de ces provisions, même si ses chances de survie s'amenuisaient à mesure qu'il se défaisait d'une chose après l'autre sur son chemin vers le nord. Cela étant dit, tous les aliments lyophilisés du monde ne lui serviraient pas à grand-chose une fois mort. Vaillant, Peter resserra sa prise sur la machette, se retourna pour pousser le Lexer sur le côté, puis abaissa la machette, la ramenant en arc de cercle. Il y eut un craquement, le poids mort devint encore plus raide et sa prise se desserra suffisamment pour qu'il puisse enfin s'échapper. Le premier Lexer du groupe qui s'approchait lui effleura soudain le bras du bout des doigts, qui étaient couverts de sang séché et craquelé. Peter détala jusqu'au bout du pont, courant vers l'ouest, jusqu'à atteindre la route à deux voies. Il était en sueur et terrifié, mais vivant. Bien vivant.

Après plus de deux kilomètres de course, Peter s'arrêta au milieu de la route pour boire un peu d'eau. Sa cheville allait mieux, et il se sentait fier d'avoir suivi les conseils de Rich. Il repoussa les mèches dégoulinantes de sueur qui tombaient sur son front et se dirigea vers une maison à proximité. Un 4x4 était garé devant un garage assez grand pour deux voitures, où il trouverait peut-être une mobylette. Espérer que le véhicule démarre était sans doute un peu optimiste. Quand John et lui avaient trouvé la camionnette qu'ils avaient utilisée pour quitter la cabane de Cassie, la batterie était si morte que malgré tous leurs efforts, le moteur n'avait fait que cliquer. Il avait fallu une nouvelle batterie pour la faire redémarrer. Après cinq mois, la plupart des batteries étaient à plat. Il voulait tenter le coup de toute façon, même s'il ne savait pas encore avec quoi il allait lancer le starter. Il allait chercher les clés et prier pour un miracle.

Il brisa l'une des fenêtres de la porte latérale du garage avec le manche de sa machette et tourna le verrou de l'autre côté pour ouvrir. Il n'y avait là aucune moto, mais il y vit un quad. Inutile, conclut-il après avoir vainement tourné la clé de contact. Ce quad aurait été parfait. Quelle frustration d'être entouré d'autant d'engins capables de vous sauver la vie sans pouvoir les mettre en marche.

La porte qui menait à l'intérieur de la maison était déverrouillée et tout était calme et silencieux. Des vêtements gisaient çà et là au sol et une petite glacière était posée à l'entrée de la cuisine de style rustique. Ses occupants, sans doute une famille d'après les photos, l'avaient quittée précipitamment. Peter avait bu tout le contenu de sa gourde. Le frigo était vide, il inspecta donc la petite glacière.

La puanteur qui s'échappa quand il souleva le couvercle était intenable. Le manque d'oxygène n'avait pas permis à la nourriture de se dessécher correctement, et elle avait pourri à un point de liquéfaction, en une bouillie qui sentait les dents viciées et le rat mort. Une odeur de Lexer. Il y avait deux canettes de Pepsi flottant au-dessus de cette marée pestilentielle. Il en prit une, l'ouvrit et en but une gorgée. Cette boisson pétillante et sucrée coupa l'amertume dans sa bouche. À cet instant, c'était la boisson la plus délectable au monde. Il voulait la savourer, mais il ne put s'arrêter pour reprendre son souffle avant la dernière goutte. Nel aurait vendu père et mère pour une canette ; il avait terminé le dernier Pepsi du Wal-Mart voisin avant de commencer sa désintox, comme l'avait fait James avec sa nicotine chérie.

Peter logea soigneusement l'autre canette dans son sac et sortit quelques paquets de soupe lyophilisée d'un placard. Il y avait aussi des boîtes de conserve, mais il les laissa là. Il avait assez de nourriture, et ce genre de trucs était lourd à porter. Pourquoi l'homme sous le viaduc n'avait-il pas ratissé les maisons vides au lieu de monter ce guet-apens compliqué ? Tout ça n'avait aucun sens. Mais rien n'avait de sens dans ce nouvel ordre des choses. Peut-être que ce type était fou. Ce qui peut se comprendre ; à force de vivre seul pendant des mois, on perd un peu la boule. Il s'assit un moment sur le canapé, la carte dépliée sur les genoux. Il estima se trouver à environ cent ou cent vingt kilomètres de Kingdom Come. Ce qui pouvait se faire en deux ou trois jours de marche, selon, bien sûr, ce qu'il rencontrerait sur son chemin.

Un vélo aurait été pratique. Il traça mentalement son itinéraire et regarda sa montre. Il était deux heures de l'après-midi. Il pourrait tracer sa route pendant quelques heures, mais il lui faudrait se trouver un endroit sûr où passer la nuit. Et puis, il n'était pas encore assez éloigné du pont. Il ne savait pas si les Lexers suivaient sa piste ni pour combien de temps, mais il n'était pas inconcevable qu'ils le rattrapent s'ils marchaient à deux kilomètres par heure.

Il sortit par la porte d'entrée, tenta de démarrer le 4x4, qui, sans surprise, était à plat, puis se mit à courir sur la route. Cette route le conduirait directement à Waterbury et en passant sur la I-89 ; bien sûr, il avait réussi à se faire attaquer dans la seule partie du Vermont qui n'était pas traversée par un millier de chemins de terre.

Il marchait aussi vite et calmement que possible. À un moment donné, un groupe de Lexers apparut devant lui sur la chaussée, et il se précipita à travers les cours des maisons. Il lui était sans doute possible de les distancer, mais il n'était pas pressé de s'y risquer de nouveau. Enfin, il atteignit un pont sur la rivière qu'il longeait. Il envisagea de traverser la rivière à la nage et de marcher dans les bois jusqu'à atteindre la I-89, mais sans boussole ni carte plus précise, il risquait de se perdre. Il avait déjà entendu cette rengaine : « Suffit de longer les arbres et jusqu'au nord. C'est une ligne droite. » Non, il n'allait pas céder à la tentation du raccourci. Il fallait suivre la route jusqu'à ce qu'il soit plus près.

Peter poussa un soupir de soulagement en voyant le pont vide. Enfin un peu de chance en ce jour maudit. Baissant les yeux vers la rivière, il crut distinguer un corps emporté en aval. Les Lexers ne savaient pas nager, c'était déjà ça. Il aurait valu le coup de chercher un bateau si la rivière coulait vers le nord, mais la carte indiquait qu'elle se dirigeait vers l'ouest.

Peter traversa la rue principale pour se diriger vers une maison, en quête d'un vélo. Jusqu'à présent, il n'avait repéré que quelques vélos d'enfants. Dans l'un des hangars, un VTT mauve estampillé *Fée Clochette* lui fit de l'œil, et il gloussa à l'idée ridicule de pédaler à travers le Vermont avec, quoiqu'il n'aurait pas hésité si le vélo avait été à sa taille.

Cette maison avait pourtant l'air pleine de promesses. La Subaru à l'avant affichait un autocollant *Partageons la route* et un porte-vélos à l'arrière. Il réfléchissait à un moyen d'entrer dans le garage en faisant le moins de bruit possible quand il aperçut une masse sombre sous les arbres du jardin. Il s'arrêta net et retint son souffle. Ils ne l'avaient pas encore repéré. Il se retira à reculons, plaçant doucement un pied derrière l'autre, s'immobilisant dès que l'un d'eux semblait se tourner dans sa direction.

Il se trouvait presque hors de leur vue quand l'un d'eux finit par l'apercevoir. Il poussa un grognement qui traversa la route, et avança. Peter n'attendit pas de voir si les autres le suivaient. Il tourna les talons vers la ruelle qui bifurquait depuis la rue principale. C'était un cul-de-sac – il avait vérifié plus tôt –, qui longeait le côté droit de la rivière.

C'était une rue goudronnée étroite, bordée de maisons qui auraient pu contenir des vélos ou une épicerie de quartier stockant des aliments. Il courut en ligne droite, entre la voie ferrée sur sa gauche et la rivière sur sa droite, jusqu'à ce qu'il repère un sentier pédestre filant derrière le chemin de fer et à travers les bois. Il courut sur le gravier et s'egouffra dans l'obscurité d'un tunnel piéton, où l'attendait un Lexer attiré par le martèlement de ses bottes. La vision de Peter s'ajusta juste à temps pour voir les bras tendus vers lui. Il n'avait pas le temps de s'arrêter, et repoussa de toutes ses forces la silhouette contre le mur, trop concentré sur sa fuite pour avoir peur.

Le chemin serpentait à travers les arbres, rétrécissant progressivement jusqu'à ce qu'il ne soit plus sûr de se trouver sur un vrai sentier. Des branches d'arbres lui fouettaient le visage et il faillit tomber face contre terre en trébuchant sur un caillou. « Calme-toi. » Il s'obligea à s'arrêter et à tendre l'oreille, même si ses jambes tremblaient dans l'instinct de fuite qui l'accaparait. Courir aveuglément dans les bois était une idée stupide. Il en avait à la pelle, des idées stupides, dans ce genre de situations. Un gosse de riches élevé à New York n'avait jamais la réaction adéquate à ces traquenards. Cassie avait beau avoir été élevée en ville, elle n'avait pas eu de vie de riche, et n'était pas une citadine ordinaire. Quand il était allé chez elle la première fois, elle avait toujours sa collection de livres de survie, écornés certes, mais adulés, trônant fièrement sur ses étagères. Elle n'en avait pris qu'un seul avec elle en quittant New York, qu'elle avait donné aux enfants Washington. Ils lui avaient demandé de le signer, comme si elle l'avait écrit elle-même. Il avait trouvé ça agaçant à l'époque, car tout l'agaçait en elle alors, et en lui-même aussi. Dorénavant, il y pensait avec nostalgie. Hank et Corrine Washington étaient de braves gosses, tout comme Bits. Il détestait l'idée que cette famille n'avait vu de lui que ce côté égoïste d'un type plaintif qui se comportait plus comme un enfant que les enfants eux-mêmes.

Tout était devenu calme sur le chemin derrière lui. Peut-être que les Lexers de Waterbury n'avaient pas vu où il se dirigeait, et que celui du viaduc – qu'il aurait dû tuer, s'il avait eu un semblant de jugeote – avait abandonné sa poursuite. Tant mieux pour lui, car il semblait s'être perdu pour de bon et n'avait aucune idée de la direction à prendre. « Tends l'oreille, et suis le bruit des voitures sur l'autoroute », se dit-il avec un petit rire sarcastique. C'était tout sauf drôle, mais le fait qu'il puisse encore plaisanter malgré la situation lui révélait à quel point Nel et Cassie avaient déteint sur lui. Ces deux-là ne s'arrêtaient jamais.

Le nord. Tant qu'il suivait le nord, il était sur la bonne voie. Il continuait d'avancer sous le soleil de l'après-midi, qu'il gardait sur sa gauche, marchant aussi droit que possible. Selon la carte, tant qu'il s'orientait plein nord et ne gravissait aucune montagne, il finirait par tomber sur une route. Après ce qui sembla une éternité, il en rencontra effectivement une. Il était à court d'eau et voulait garder son deuxième Pepsi en réserve, alors il alla remplir sa gourde dans un étang artificiel à l'arrière d'une gigantesque villa bourgeoise agrémentée d'une immense piscine privée pleine d'algues. Son propriétaire avait sûrement eu un joli train de vie. Il s'apprêtait à entrer lorsqu'il vit des Lexers, dont l'un avait encore un chiffon à dépoussiérer coincé dans sa poche de tablier, accourir derrière la fenêtre en le voyant. Il repartit. Peu de temps avant encore, la vue d'un Lexer l'aurait terrifié, mais à présent il gardait sa panique pour ceux qui l'approchaient physiquement. Il fallait savoir préserver son énergie et son adrénaline pour en faire bon usage au moment voulu.

Il passa devant d'autres maisons cossues, mais aucune n'était aussi grande que la première. Il devait attendre que les pilules d'iode se dissolvent complètement avant de boire à sa bouteille, et il comptait les minutes. Comme cela aurait été pratique d'avoir un de ces filtres de randonnée… ils filtraient directement et ne donnaient pas à l'eau un goût affreux comme l'iode. Il était cependant content que quelqu'un ait pensé à mettre ces pilules dans chaque sac. De l'eau au goût de merde était toujours meilleure que de l'eau empoisonnée.

Ils étaient tombés malades en quittant la ville parce qu'Ana et lui n'avaient pas filtré l'eau. Ils auraient pu tous y passer. Un autre épisode à ajouter au *Livre des records des conneries de Peter*. Il s'apprêtait à se livrer à une crise d'autoflagellation lorsqu'il comprit que deux choix s'offraient à lui : se blâmer pour tout ce qu'il avait mal fait ou tirer un trait et se focaliser sur l'homme qu'il était devenu. Personne ne lui tenait plus rigueur de ses griefs, alors pourquoi le faisait-il à leur place ? Il était temps de tourner la page. S'il arrivait à Kingdom Come, ce serait une renaissance.

Toutes ces résolutions étaient bien belles, mais il devait d'abord retrouver le chemin d'une route principale, car ces rues d'habitations tournaient en rond. Elles n'étaient pas indiquées sur la carte non plus, alors il décida d'en suivre une au hasard vers l'ouest, jusqu'à en rejoindre une autre qui se dirigeait vers le nord. Puis une autre, qui s'avéra sans issue. Il lui fallait une route qu'il pourrait placer sur cette maudite carte, même si ce n'était pas la plus sûre.

Il tomba sur un quartier de petites habitations. Il préférait ces maisons aux grandes baraques cossues. Elles étaient plus susceptibles de receler des vélos dans leur garage et des conserves sur leurs étagères, comme la maison dans laquelle il avait passé ses douze premières années. Ses parents étaient aisés, mais pas riches. Ils avaient vécu à Westchester, dans une belle maison spacieuse avec une immense cour, mais aussi des vélos au garage et des provisions sur les étagères.

Il vit une ferme verte à la peinture écaillée devant laquelle étaient garés un camion et une berline, malgré un vaste garage pour deux voitures. Il espéra que ce serait le signe que le garage était plein de bric-à-brac, dont un vélo. Il n'eut pas besoin d'y entrer par effraction ; la porte s'ouvrit en grinçant et rien ne vint heurter sa machette. Là, derrière l'établi poussiéreux, se tenait un vélo pour homme qui semblait à la bonne taille. Il gonfla les pneus à plat avec une pompe qui traînait par terre puis attacha celle-ci sur le cadre avec l'un des nombreux cordons élastiques qui s'y enchevêtraient.

Le propriétaire était sans conteste un flemmard, mais qui avait presque tout ce dont Peter avait besoin. C'était sa maison porte-bonheur. Peut-être qu'il valait le coup de chercher quelques provisions dans les placards. La porte d'entrée s'ouvrit facilement. Recourant à sa fidèle astuce anti-zombies, il cria :

« Hello ! Y a quelqu'un ? »

Des pas lents et traînants répondirent à l'appel. Deux Lexers marchaient sur la moquette délavée du salon. L'un d'eux apparut en haut des escaliers, mais, fou d'excitation, dégringola illico. Peter n'attendit pas de le voir s'affaler sur le sol du foyer. Il n'avait vraiment besoin de rien, hormis de son eau qui était dorénavant filtrée. Il avala quelques gorgées en écoutant les deux morts-vivants taper de l'autre côté de la porte fermée. « Pas de panique », se dit-il, tout en déguerpissant sans demander son reste. Il enfourcha le vélo et décampa. Il n'était pas loin de six heures du soir et il était temps de se trouver un endroit où passer la nuit. Pas question de se laisser surprendre par l'obscurité.

Peter trouva son bonheur à proximité de la route principale : une maison jaune à deux chambres, qui n'était pas fermée à clé. Après avoir vérifié qu'elle était bel et bien vide, il verrouilla la porte et s'allongea sur le canapé vert, son sac à côté de lui. Son estomac grondait, mais il ne trouvait plus l'énergie nécessaire pour faire autre chose que tomber de sommeil. Il serrait son étui et sa machette contre lui, et se conforta dans la douce pensée qu'il n'était plus qu'à soixante-dix kilomètres de Bits et d'Ana, même s'il avait l'impression de se trouver à l'autre bout du monde. Demain, il les retrouverait. Soixante-dix bornes sur un vélo, ce n'était pas grand-chose.

Chapitre 6

Il avait l'intention de manger un bout, mais ne se réveilla pas avant les dernières heures de la nuit. La salle de bains dépourvue de fenêtre était un endroit sûr pour inspecter ses provisions à la lumière de la lampe de poche. Il fut tenté par le gros sachet de nourriture liquide : il était affamé. Selon l'étiquette, il s'agissait de raviolis au bœuf, et c'était peut-être vrai, dans un univers parallèle. Cela aurait pu être pire, certainement. Il avait eu un aperçu du ragoût et s'estima chanceux de ne pas en avoir fait l'expérience personnelle. Il avala donc les raviolis puis déchira avec les dents le paquet qui indiquait *Pâtisserie croustillante*. Ça, en revanche, c'était mangeable. Dommage qu'il ne lui reste plus de tartelettes.

Il utilisa ensuite les toilettes sèches. Ce n'était pas comme si quelqu'un allait se plaindre, et au moment où il finit sa toilette, il faisait assez clair pour quitter son squat. Les armoires de la cuisine avaient été vidées. Peu lui importait, il avait de quoi faire pour quelques jours. Ce dont il avait besoin, c'était d'eau ; la bouteille d'un litre dans son sac était presque finie. Il prit une bouteille vide qu'il remplirait la prochaine fois qu'il verrait une source d'eau, pour remplacer celle qu'il avait bêtement laissée dans la camionnette.

L'air était chargé de brouillard, ce qui pouvait l'aider à tenir les Lexers à distance. Il y avait une contrepartie, cependant : il n'y voyait rien. Il pédalait donc assez lentement au cas où il lui faudrait s'arrêter, tout en avançant aussi vite que possible. La route à deux voies passait devant des fermes et des champs agricoles redevenus des prairies de fleurs sauvages. Il tomba sur une sorte de mêlée de Lexers assemblés autour d'un véhicule, mais le vélo faisait toute la différence : il put filer à toute allure devant eux, sans leur laisser le temps de comprendre qu'un petit déjeuner leur passait sous le nez.

Le brouillard se dissipa pour laisser place à un ciel bleu vif, gonflé de nuages. Une enseigne de station-service se dressait au loin. Il décida d'aller y chercher de l'eau. N'importe quelle boisson ferait l'affaire. Il arrivait à l'embranchement de la petite route qu'il prévoyait d'emprunter vers le nord, et il n'y aurait sans doute plus rien le long de celle-ci.

La porte d'entrée de la station-service était verrouillée, mais on avait déjà brisé la vitre. Cela lui permit d'entrer sans faire de bruit, mais cela signifiait aussi que l'endroit avait déjà été ratissé de tout ce qui valait quelque chose. Il passa quand même par l'ouverture et avança à pas prudents sur le verre, épluchant les étagères vidées de toute nourriture, jusqu'aux réfrigérateurs qui tapissaient le mur du fond. Des cartons gonflés de lait et de jus d'orange fermentés étaient les seuls produits restants. Peter poussa un soupir. Il venait d'avaler sa dernière goutte d'eau et avait toujours follement soif. Enfin, quand il se pencha pour scruter les étagères inférieures, il laissa éclater un petit cri de joie. Elle trônait là, tout au fond, sur le côté : une petite bouteille d'eau solitaire.

Il tordit le bouchon et s'autorisa à boire un quart de la bouteille, avant de la glisser dans la poche latérale de son sac et de se diriger vers la sortie. Un Lexer reniflait son vélo devant la porte, comme un chien. Il tourna la tête en petits mouvements saccadés et grogna en le voyant. C'était presque une salutation. *Salut, comment vas-tu ? J'aimerais te bouffer tout cru.* La machette glissa hors du fourreau et Peter s'avança à proche distance de son nouveau copain. D'un geste latéral, il planta l'arme dans le cou du Lexer et la retira.

En théorie, l'idéal était d'avoir la tête, mais trouver le bon coin juste sous la mâchoire en remontant la lame vers le haut permettait parfois d'économiser de l'effort. Il y avait là une portion de cerveau et cela suffisait à les tuer une bonne fois pour toutes, c'était sa théorie. Il essuya sa lame sur l'herbe et enfourcha sa vieille bécane. La brise était agréable, et empêchait la chaleur de s'accumuler sous toutes ces épaisseurs qu'il portait, malgré la solide barrière de sueur qui s'était formée entre son dos et son sac.

Le virage s'étirait devant lui. Il s'approcha avec joie. C'était le matin, et il avait toute la journée devant lui. Il savait qu'un parc régional avec un lac se trouvait à quinze kilomètres au nord, où il pourrait remplir sa bouteille. Il aurait presque sifflé si cela n'avait pas été aussi risqué.

Alors qu'il se trouvait à mi-chemin vers le parc, il crut entendre du bruit dans les fourrés. Il descendit du vélo et resta un instant immobile au milieu de la route, l'oreille tendue. Un craquement retentit soudain derrière lui, et, se retournant, il vit plusieurs Lexers débarquer sur la route. Des dizaines de Lexers qui sortaient des bois. Reprenant ses pédales, il repartit à toute vitesse dans le virage, pour tomber nez à nez avec un autre groupe. Ils semblaient être avec les autres : il se trouvait au milieu d'un de ces « bancs » de Lexers contre lesquels Zeke les avait mis en garde. Il s'était fourré tout seul dans l'œil du cyclone.

Comme les bois étaient trop denses pour passer à vélo, il songea à l'abandonner et à courir à travers la forêt, mais il sembla qu'il trouverait encore plus de Lexers là-dedans. La brise ne le rafraîchissait plus. Il n'était plus qu'une boule de nerfs tremblante et suante. *N'oublie pas, Peter, que c'est pour ce moment que tu as gardé toute ton adrénaline.* Il vit un parc à roulottes devant lui sur la droite, avec la pancarte *Elmore Estates*. C'était sa seule échappatoire. Qui impliquait de contourner les zombies boiteux et grognant venant à sa rencontre, mais il n'avait pas le choix.

Il se mit à pédaler furieusement dans la mêlée de Lexers. Des mains crasseuses se refermèrent sur son guidon et le vélo glissa sous lui. Il réussit à ne pas être emporté dans la chute et à se dégager tant bien que mal pour atteindre l'entrée du parc. Elmore Estates formait une boucle longée de part et d'autre de mobil-homes. Toute la zone était ceinturée d'une clôture grillagée, cerclée de haies. L'endroit semblait avoir été bien entretenu, malgré les parterres de fleurs défraîchis depuis un moment, quelques portes pendantes et défoncées et les ordures éparpillées de partout.

Peter choisit la voie de droite. Un mobil-home avec une porte cassée serait peu utile. Il courut vers la fenêtre ouverte de la quatrième remorque et trancha l'écran de la porte avec sa machette au moment où le groupe entra dans son champ de vision. Ils le voyaient. Il tira son sac à l'intérieur et fit claquer la fenêtre.

Il se trouvait dans un salon désolé doté d'un grand vestibule et d'une cuisine, complètement vide. Le couloir sombre comportait trois portes, toutes fermées. Cela suffisait pour le moment. Il se baissa et se dirigea en rampant vers la fenêtre par laquelle il était entré. Une main posée sur l'accoudoir du canapé fleuri, il leva les yeux vers le rebord de la fenêtre. Il se trouva alors nez à nez avec une face aux dents jaunes pleines de crasse noire et aux globes oculaires exorbités. Il tomba à la renverse quand le Lexer fit claquer sa main squelettique sur la vitre. Ils savaient, évidemment, qu'il se planquait à l'intérieur. Ils le savaient, et cela signifiait qu'ils n'abandonneraient pas avant d'avoir réussir à entrer. Comme pour confirmer cette intention, la moitié inférieure de l'autre fenêtre s'assombrit sous la pression des mains et la porte d'entrée vibra.

Il rampa hors de la pièce, traînant son sac derrière lui, puis se leva pour se frayer un chemin dans le couloir. La chambre du fond était la meilleure échappatoire. Peut-être parviendrait-il à s'enfuir par une fenêtre pour se glisser dans une autre caravane. Peut-être, par miracle, parviendrait-il même à franchir la clôture. Pour gagner quoi ? Il n'osait y penser. Une chose était sûre : ça valait toujours mieux que d'attendre son heure dans une caravane en forme de cercueil.

Il tourna la poignée et ouvrit la porte, la machette dressée devant lui. Il y avait là un lit couvert d'une couette bon marché, et en dessous se trouvaient les corps enchevêtrés d'une femme et d'un homme. Leurs cadavres étaient ratatinés et rabougris, mais leur grand âge transparaissait dans leurs profondes rides. Un fusil Ruger Scout – que Peter reconnut parce que John avait le même – était appuyé contre le lit, avec une boîte de munitions à côté. Une arme de plus était toujours bonne à prendre. Il fourra les munitions dans son sac, glissa la bandoulière du fusil sur son épaule et se dirigea vers la fenêtre.

Une bande d'herbe ensauvagée courait à l'arrière des remorques. La vue était encore assez dégagée derrière les hautes herbes pour distinguer des Lexers sur l'asphalte de l'autre côté de la boucle. Quand bien même serait-il parvenu à pénétrer dans l'un des autres mobil-homes depuis l'arrière-cour, ils auraient pu défoncer la porte à leur aise. Et ils allaient le faire. Il entendit le bois de la porte craquer à l'autre bout de la maison.

Il souleva la fenêtre et écarta la moustiquaire. Après un rapide coup d'œil, il sut que la voie était libre pour courir, et il jeta son dévolu sur une fenêtre à deux remorques de distance en contrebas. Il ne voyait aucun reflet derrière l'écran, ce qui laissait supposer qu'elle était ouverte. Si ce n'était pas le cas, il devrait briser le verre, pourrait rater son coup et y passer. Mais il était un homme mort s'il restait ici trop longtemps, ou s'il essayait de franchir la clôture.

Sa botte franchit le seuil et il sortit en courant, accroupi entre les remorques. L'écran céda comme du beurre sous sa machette. Il jeta son sac à dos et le traîna au sol avec un bruit sourd. Il resta tapi là un moment, essayant d'entendre quelque chose derrière ses battements de cœur, mais les pas des Lexers ne se rapprochaient pas. La fenêtre, lorsqu'il la referma, émit un grincement qui sembla se répercuter sur des kilomètres à la ronde. Puis il baissa le store, millimètre par millimètre. Mission accomplie. Il s'appuya contre le mur et ferma les yeux.

Il les rouvrit en entendant un grincement dans le couloir. Cette caravane avait la même disposition que la première. Il était entré par l'arrière, dans la même chambre du fond par laquelle il avait quitté l'autre caravane. Sa machette gisait par terre ; il était si soulagé d'être en sécurité qu'il avait oublié de vérifier si l'intérieur était vide. Une autre gaffe comique signée Peter. Il fallait toujours qu'il apprenne à ses dépens : c'était la seule façon de lui faire entrer une leçon dans la caboche.

Un autre grincement de parquet. Mieux valait aller tout de suite voir ce qui se cachait là plutôt que de rester coincé dans le coin de cette chambre perforée d'œillets en tous sens. Il se dirigea vers la porte. Il fallut quelques secondes pour que ses yeux se fassent à la pénombre qui régnait de l'autre côté. Un garçonnet avait le regard braqué sur lui, recroquevillé à terre. Il n'avait pas plus de cinq ans et était vêtu d'un pyjama à motifs de fusées. Il avait trébuché dans le couloir. Il n'était plus mignon. Il était clair qu'il l'avait été, avec ses joues rebondies et les boucles noires qui lui encadraient le visage.

Peter envisagea de le repousser dans la pièce avant de verrouiller la porte pour ne pas avoir à le tuer, mais on ne pouvait pas se permettre d'être sentimental quand il s'agissait de zombies. Avec des gens en vie, peut-être, même ce type sous le pont, à la rigueur, mais pas avec les zombies. Peter recula dans la chambre. Le garçon apparut dans la lumière, ses dents de lait grinçaient, ses yeux remuaient nerveusement, hagards. Sur sa chemise de pyjama, on lisait *Un pas de géant pour l'heure du dodo*. Il avait probablement adoré son pyjama super kitsch. Peter l'aurait adoré étant enfant.

« Désolé, mon petit gars », murmura Peter avant de lui planter la machette dans l'œil gauche.

Le petit bonhomme atterrit sur le côté, comme enfin endormi, une main posée sur le visage, l'autre enroulée sur son ventre rond. Peter se tint un moment au-dessus du corps puis ferma la porte de la chambre derrière lui pour inspecter le reste de la maison. La chambre du garçon était peinte en bleu pâle, remplie de jouets et son prénom, Jonah, en lettres de bois, était accroché sur le mur. Tous les stores de la cuisine et du salon étaient baissés et les pièces vides. Il se demanda comment Jonah s'était retrouvé seul. Ses parents l'avaient-ils laissé pour mort, sans se rendre compte de ce qu'il était devenu ? Étaient-ils allés chercher de l'aide, pour se faire tuer en chemin ? Savaient-ils quel sort il avait subi, sans pouvoir se résoudre à le tuer ? Peter imagina tous les scénarios, mais tout ce qu'il espérait, c'était que Jonah n'avait pas eu peur, qu'il n'avait pas dû mourir seul.

Il mordit si fort l'intérieur de sa joue qu'il sentit cette fois un goût de fer, mais la douleur n'était rien par rapport à celle qui brûlait sa poitrine. Tant de personnes étaient mortes, seules et effrayées, pleurant leurs parents, leurs maris et leurs femmes, leurs enfants. Tout comme Jane avait sans doute pleuré alors qu'elle était assise dans la voiture de leurs parents, cernée par les flammes. Peter se laissa choir sur une chaise à la table de la cuisine, fourra sa tête dans ses bras et laissa couler ses larmes.

Pleurer n'avait sans doute pas été la meilleure solution. Il se sentit peut-être mieux après, mais il avait plus soif que jamais.

Sa petite bouteille d'eau était encore pleine aux deux tiers et une fouille exhaustive de la cuisine ne lui permit de trouver qu'un sachet de boisson lyophilisée Kool-Aid, du beurre de cacahuète et quelques boîtes de crackers. La poisse, il avait déjà des crackers. Des crackers salés qui donnaient soif.

Il jeta un coup d'œil à travers les stores et vit que le camping était rempli de Lexers. Ils avaient dû sonder la première caravane sans rien trouver, et dorénavant ils se tenaient tous là, à errer sans but. L'un avait le bras posé sur le côté d'une caravane, la tête baissée, comme s'il draguait une jolie fille en soirée. Peter parcourut le mobil-home et examina toutes les issues possibles, mais il n'y avait pas un seul coin où il ne voyait pas au moins quelques Lexers. Il y avait de fortes chances qu'il n'atteigne jamais la clôture distante sans de grosses difficultés techniques.

La gorgée d'eau qu'il s'autorisa fut un délice. Il l'agita dans les recoins de sa bouche sèche puis avala longuement. Il allait attendre. Ils finiraient sûrement par être distraits par autre chose et s'éloigneraient à un moment donné ; ces groupes aimaient se déplacer, semblait-il. Il espérait juste que cela se produise avant qu'il ne crève de soif. Combien de temps pouvait-on survivre sans eau ? Deux, trois jours tout au plus ? Plus longtemps, peut-être, mais il était sûr qu'il ne serait alors plus en état de pouvoir les distancer.

Il alla s'asseoir sur le canapé en cuir du salon. Il y avait sur l'étagère quelques photos de famille, Jonas toujours au centre. Il avait eu une maman et un papa, et de toute évidence, maman avait la charge de la déco. Le salon était saturé de tableaux de fleurs dans leurs vases, accentuées par de vraies fausses fleurs qui trônaient dans des vases sur les deux tables d'appoint, la table basse et la grande étagère multimédia en bois doré.

Il avait besoin d'aller aux toilettes, et il était en route pour la salle de bains quand il se rendit compte qu'il devrait probablement conserver l'urine, au cas où. Il fouilla et trouva un Tupperware. C'était du plastique transparent, et quand il se fut soulagé dedans, il regarda le liquide jaune à l'intérieur, l'estomac retourné. Il ne pouvait pas imaginer avoir assez soif pour boire ce truc. Mais il fallait être dans cet état démuni absolu pour savoir que c'était la chose à faire. Il songea à y ajouter le Kool-Aid le moment venu, avant de secouer la tête. Il saurait quoi faire quand – et *si* – la situation advenait, mais il lui restait encore de l'eau et l'autre RPM, qui pouvait très bien contenir un aliment un tant soit peu liquide. Il déchira l'emballage et y découvrit un paquet de poitrine de bœuf séchée, des biscuits, des cookies, des crackers et des granulés de beurre, entre autres. Ils n'auraient pas pu inventer un RPM plus sec s'ils l'avaient voulu. L'univers lui jouait un nouveau tour. Il n'était pas allé très loin ce jour-là, mais il était fatigué, et il attrapa la teinture afghane sur le dossier du canapé, s'enroula dedans et s'endormit.

Il ne s'éveilla pas avant l'après-midi. Il avait toujours soif. Évidemment. Il urina de nouveau dans le pichet, qui sentait déjà vraiment mauvais, et but de petites gorgées d'eau. Les Lexers étaient toujours plantés là. Il aurait été génial de trouver un moyen de les distraire. Il fila voir à l'arrière du mobil-home, détournant délibérément le regard de Jonah, mais il n'y avait aucun moyen de soulever une fenêtre et de jeter quelque chose au loin sans se faire remarquer. Une option à oublier.

La bibliothèque du salon était remplie de romans à l'eau de rose. Soit le père était aussi un amateur, soit il n'était pas un lecteur aguerri. Peter en choisit un qui ne tournait pas autour d'une riche héritière et bouquina jusqu'à la tombée de la nuit. Quand la lumière à travers les stores commença à s'affaiblir, il jeta le livre par terre. Ses lectures apocalyptiques étaient devenues douteuses. Pas étonnant que Cassie ait insisté pour amener ses propres livres avec elle ; c'était sans doute l'une de ces stratégies de survie que seuls John et elle connaissaient.

Il s'allongea et ferma les yeux, mais tout ce à quoi il pouvait penser était le couple du livre. Deux personnages qui s'étaient rencontrés lors d'une fête, avaient eu le coup de foudre et avaient vécu une romance éclair. La fille avait découvert qu'elle était enceinte et l'avait caché à son amant, car devenir père à vingt-quatre ans aurait compromis son brillant avenir. Elle avait donc élevé l'enfant seule dans une ville lointaine pendant qu'il passait près de deux ans à la chercher. Mais, au lieu d'être contente qu'il finisse par la retrouver – car elle n'avait fait que rêver de lui en fixant les yeux de leur fils, qui *ressemblaient tant à ceux de son père* –, elle lui avait claqué la porte au nez. C'était rageant. Ce n'est pas comme si Peter avait été exemplaire en matière de relations amoureuses, mais *tout de même.*

Et pourquoi diable pensait-il autant à cette histoire idiote ? Peut-être que la soif commençait à se répercuter sur son activité neuronale. Il s'autorisa une autre gorgée et referma les yeux. Cette fois, il pensa à la première chose qu'il ferait en retrouvant Ana, espérant qu'elle ne lui claquerait pas la porte au nez, comme cette girouette. Il imagina l'expression sur le visage de Nel quand il lui tendrait cette précieuse canette de Pepsi qu'il n'avait pas ouverte même si ce n'était pas l'envie qui lui manquait.

Peter s'assit, secouant la tête. Comment avait-il pu oublier cette canette ? Il la tira des tréfonds de son sac et la posa sur la table basse. Il la voyait briller dans le noir, c'était un objet magnifique. Trop beau pour être laissé sur la table. Il la nicha contre sa poitrine et s'endormit.

Le lendemain matin, ce fut la même histoire : des Lexers partout autour, pipi dans le pichet, casse-croûte de crackers tartinés de fromage, quelques gorgées d'eau. Le positif, c'était que le couple du bouquin s'était enfin rabiboché. Il entama un autre livre et roula des yeux quand la série de malentendus commença. Mais il comprenait dorénavant pourquoi les gens lisaient ce genre de foutaises – on savait d'avance que ça finirait bien. Ce qui était loin d'être une garantie dans le monde réel ne l'était certainement pas dans celui-ci. On pouvait certes espérer que tout irait bien, y croire dur comme fer, mais jamais en avoir la garantie. Néanmoins, Peter décida d'y croire. Il avait toujours son Pepsi, quelques gouttes d'eau dans sa bouteille et tous les crackers dont un type pouvait rêver.

Les personnages du livre passaient leur temps à siroter des verres et Peter se mit à soupçonner l'auteur de vouloir le tourmenter. Vin, limonades, eau glacée : ça n'arrêtait pas. Le pire, c'est que ces boissons n'étaient même pas appréciées à leur juste valeur. Il posa le livre sur ses genoux et fixa le Pepsi. Il aurait pu l'ouvrir et en boire une petite gorgée, puis transférer le reste dans un récipient d'où il ne s'évaporerait pas.

Il tira sur la languette et en avala deux gorgées. « Ça suffit comme ça », dit-il à haute voix, et il se força à s'arrêter. Valait-il mieux, à ce stade, tout boire puis n'avoir plus rien ou siroter à petit feu tout en mourant lentement de soif ? Il opta pour la seconde option. Au moins, de cette façon, gorgée par gorgée, son corps pourrait en profiter, au lieu de se vider par la voie de l'urine. Il espérait que la caféine et le sucre n'aggraveraient pas sa soif.

En fin d'après-midi et au bout du troisième roman à l'eau de rose, les Lexers n'avaient toujours pas bougé. À la tombée de la nuit, il avait si soif qu'il s'autorisa à finir l'eau pour faire descendre la poitrine de bœuf séché. Ce plat n'allait pas gagner des étoiles Michelin, mais il était agréablement plus liquide qu'il ne l'avait imaginé. Il lui permit de conserver la majeure partie de sa canette de Pepsi et lui donna des forces pour attaquer la journée du lendemain.

Un autre jour, une autre romance. À midi, Peter ne pensait qu'à boire. Il aurait même bu du jus de pruneau, qu'il avait normalement en horreur, avec plaisir. Les quelques gorgées de Pepsi à treize heures lui avaient donné si soif qu'il s'était autorisé à tremper la langue dans le récipient quelques heures plus tard. Il était exténué, beaucoup trop fatigué pour quelqu'un qui restait assis toute la journée à lire des romans d'amour, et quand le soir tomba, ses paupières en firent de même.

Le lendemain matin, sa bouche était toute pâteuse. Il regarda les cinq centilitres restants du Pepsi sur le comptoir à côté des nombreux centilitres de pisse. Il les trouvait presque attrayants, et ils feraient sans doute l'affaire quand le Pepsi serait fini. Enfin, pas exactement attrayants, mais mieux que rien.

Deux centilitres le matin, un l'après-midi, un le soir et un le lendemain. Incroyable qu'il puisse pisser dans le pichet. Où son corps trouvait-il tout ce liquide ? Pourquoi ne l'utilisait-il pas ? Il avait envie de donner des claques à sa vessie, mais au lieu de cela, il lut sagement son livre entre deux siestes, puis il s'endormit pour la nuit.

Le centilitre de Pepsi du cinquième jour fut doux-amer. C'était la dernière gorgée. Il décida d'ignorer le pichet sur le comptoir et avala le paquet de sauce barbecue qui se trouvait dans le RPM. Cela lui humidifia la bouche, mais le sel empirerait probablement les choses. Il suça un bonbon à la menthe, un vestige du RPM qui avait contenu les raviolis au bœuf, et fixa le plafond. Il ne savait pas si c'était son imagination qui lui jouait des tours ou s'il était vraiment affaibli et fatigué. Il n'avait plus la moindre énergie pour poursuivre. Était-ce parce qu'il était déshydraté ou parce qu'il avait bien peur, cette fois, que les Lexers à l'extérieur lui survivent ? Il n'en savait trop rien.

Ils allaient gagner la bataille.

Cette pensée lui fit tourner la tête et il eut besoin de s'asseoir. Non, ils ne vaincraient pas. Fais-leur la peau. Il voulait revoir Bits. Si ces guignols étaient encore là demain, il boirait du pipi de Kool-Aid et s'échapperait. Tout irait bien. Il se rallongea et sombra dans un sommeil rempli de rêves de robinets coulant à flots et de glacières pleines de boissons fraîches.

Quand il se réveilla à l'aube, il rêvait de chauffe-eau. Avait-il vraiment rêvé de ça ? Il ne s'en souvenait pas. Son cerveau était embrumé et réclamait encore quelques minutes de repos. Inutile de se précipiter pour entamer ce qui allait être une longue journée. Autant se reposer pour le grand événement.

Des chauffe-eau.

Peter sauta du canapé si vite que le grand vase de la table basse vint s'écraser en mille morceaux au sol. Il poussa un juron et jeta un coup d'œil derrière le store. Heureusement, aucun Lexer n'avait entendu le bruit.

Cassie et John avaient souvent des discussions passionnées au sujet des tactiques de survie les plus surprenantes. Chauffer des pierres dans un feu puis les enterrer sous une fine couche de terre dans un abri de fortune pour rester au chaud, allumer un feu sans allumettes, ce genre de choses. Honnêtement, ils avaient tous les deux un petit grain. Mais il se souvint d'une conversation à propos des chauffe-eau. Même quand l'eau potable du bidon principal était épuisée, la réserve du chauffe-eau était toujours là. Cela signifiait que chaque maison disposait encore de litres d'eau en réserve. Il traversa le couloir sur des pieds mal assurés et trouva vite le ballon du chauffe-eau dans le placard qui contenait le lave-linge et le sèche-linge empilés. Ce n'était pas un ballon énorme, mais il contenait bien trente gallons, ce qui faisait beaucoup d'eau. Il pourrait survivre aux Lexers avec trente gallons.

Il y avait un robinet au fond. Il avait juste besoin d'un saladier qu'il trouva dans la cuisine. Il le maintint d'une main tremblante en tournant le robinet, et attendit ce jet d'eau fraîche et vitale. Un filet coula dans le bol avant de se tarir. Peter porta vite l'eau à sa bouche de peur de faire quelque chose d'idiot, comme de la renverser. C'était si bon de boire enfin qu'il poussa un gémissement, mais ce n'était qu'un échantillon. Cela ne pouvait pas être tout ce qu'il restait là-dedans. S'il n'avait pas voulu conserver chaque goutte de liquide que contenait son corps, il aurait pleuré à chaudes larmes. Il devait forcément y avoir de l'eau là-dedans.

Puis il se souvint – il y avait un système d'aspiration. Parfois, il fallait ouvrir un robinet ou une vanne pour que l'eau s'écoule. Il ferma le robinet, ouvrit celui de la salle de bains, et se posta avec le saladier sous la bonbonne, puis tourna le bouton. Toujours rien. Maintenant, il commençait à s'énerver. Il y avait de l'eau là-dedans, et c'était la sienne, bon sang. Il démonterait ce truc par le haut s'il le fallait.

Il entreprit de casser le tuyau d'eau chaude sur le dessus, comme il ne trouvait pas la valve dont avait parlé John. Il récita une prière silencieuse, tourna le robinet et poussa un soupir d'extase en voyant un jet d'eau solide couler dans le saladier. Ce n'était pas l'eau la plus propre du monde, avec des tonnes de sédiments sableux qui se déposaient au fond, mais ce n'était pas de l'urine, et cela suffisait à le convaincre. Il avala le bol en entier et alla s'en verser un autre. Un don du ciel, un vrai bonheur, cette eau. Plus tard, il viderait une partie du réservoir dans plusieurs récipients pour savoir quelle quantité il avait à sa disposition au total, mais pour l'instant, tout ce qu'il voulait, c'était un autre bol. Il savait dorénavant qu'il s'en sortirait. Et il ne se moquerait plus jamais de Cassie et de John.

À la tombée de la nuit, il trouva qu'il y avait moins de Lexers à l'extérieur, mais l'obscurité ne lui permettait pas d'en être certain. Il prépara son sac au cas où il pourrait décamper le lendemain matin, et y glissa le bouquin qu'il était en train de lire. Il savait que l'histoire allait bien se terminer, mais il tenait tout de même à le finir.

Le matin suivant, il se fit plaisir en se préparant un Kool-Aid, un truc auquel il n'avait jamais eu droit quand il était petit. Selon sa mère, cette cochonnerie équivalait à du poison. Il ne l'apprécia que davantage, accompagné de quelques crackers. Son impression de la veille était juste, il y avait effectivement moins de Lexers de l'autre côté. Peut-être quelques douzaines, éparpillées. Il était capable de les distancer, surtout si son vélo se trouvait toujours là-bas, sur la route près de l'entrée.

Il tapota du doigt le comptoir de la cuisine et se versa un autre verre de Kool-Aid. Il ne fallait pas traîner. Après presque une semaine ici, il savait que le mois d'octobre approchait. Il pourrait se trouver coincé ici bêtement, il pourrait se mettre à neiger, et alors il n'en sortirait jamais. À moins bien sûr que les Lexers ne gèlent avant lui, mais sans source de chaleur, c'était un pari risqué. Partir ce jour-là était sans doute sa meilleure chance. Il vérifia que ses bouteilles étaient pleines, jeta son urine dans l'évier de la cuisine et remplit un récipient de Kool-Aid. Le goût lui plaisait assez, même s'il n'aurait jamais donné ça à Bits. Il avait lu les ingrédients : sa mère n'avait pas eu tort.

Il boucla son sac, passa le fusil sur son épaule et empoigna sa machette. Puis il se dirigea vers la porte, prit une profonde inspiration et se mit à foncer sur l'asphalte. Il renversa un Lexer qui s'approchait un peu trop, en esquiva d'autres et passa devant l'alignement de mobil-homes. Le vélo gisait toujours sur le bas-côté, là où il l'avait laissé. Il jeta un coup d'œil derrière lui pour s'assurer qu'il avait un peu de temps et se pencha sur le guidon. Il courut d'abord en poussant le vélo, évitant quelques Lexers errant sur la route, avant de sauter dessus et de pédaler comme un forcené, creusant l'écart à chaque mouvement. Le rétroviseur sur le guidon s'était tordu lorsque le vélo était tombé, et il le redressa juste à temps pour voir les Lexers du camping arriver sur la route.

« Adieu la compagnie ! » cria-t-il. Puis il tourna les yeux vers le nord et fila sans se retourner.

À midi, il lui restait moins de quinze bornes à parcourir. Il avait fait quelques pauses pipi en chemin à cause des litres d'eau et de Kool-Aid qu'il avait ingérés, mais il avançait vite. Les cinquante kilomètres qu'il avait parcourus à vélo avaient été une partie de plaisir par rapport au reste du voyage, car il n'avait rencontré que quelques Lexers ici et là. Cependant, ses cuisses brûlaient après une série de longues ascensions. Les amoncellements de voitures, quand il passait à leur niveau, avaient été écartés sur le bas-côté, et maintenant, à si proche distance de la ferme, les routes étaient parfaitement dégagées. Il espérait que ses amis y fussent arrivés par le même chemin, à bord de la camionnette.

Juste à la sortie du patelin qui précédait la ferme, le pneu de son vélo creva dans un bruit sourd. Peter traîna les pieds à terre pour s'arrêter, évitant de justesse une mauvaise chute, et regarda les nuages qui flottaient dans le ciel.

« Non, mais sérieusement ? » leur cria-t-il.

La chambre à air était déchirée au point de non-retour, et de toute façon, il n'avait pas de kit de réparation. Il tenta de rouler avec la roue à plat, mais il aurait marché plus vite. Le sac à dos n'était pas très encombrant quand il roulait vite, mais maintenant c'était désagréable, et il avait l'impression de ressembler à Cassie sur son vélo, en plein numéro d'équilibriste. Il sourit en y repensant. Quel numéro, quand même. Qui ne savait pas faire de vélo ? Mais elle en était capable, maintenant que Bits et lui l'avaient aidée à apprendre.

En pourtant, il devait admettre que Cassie avait gagné en grâce cet été. Elle avait enfin appris à trouver son équilibre, sur un vélo comme dans la vie. Elle se débrouillait quand même toujours pour marcher sur des orteils ou pour faire tomber un plat au moins une fois par semaine – cela ne changerait jamais – mais elle savait maintenant se battre. Ses yeux verts s'éclaircissaient en situation de menace, et l'expression de sa bouche ne laissait aucun doute sur son engagement à tuer l'ennemi si c'était nécessaire. Peut-être était-ce le fait d'avoir tiré sur Neil qui l'avait changée, aidé par les incitations constantes d'Ana à devenir sa partenaire d'entraînement.

Quand il les voyait s'entraîner ensemble, les yeux sombres aux reflets dorés d'Ana lui semblaient encore plus meurtriers que ceux de Cassie, et il se sentait heureux d'être à leurs côtés.

Les imaginer toutes les deux donna davantage de confiance à Peter : elles étaient en sécurité. Elles tueraient tout sur leur passage, vivant ou mort-vivant. Il posa ses bottes sur le béton et se mit à marcher. La route était dégagée, le soleil brillait et les coloris des feuillages semblaient plus prononcés que dans le sud du Vermont. Les ronces qui recouvraient d'anciens champs de maïs, de blé ou d'une culture locale, viraient au brun. Un troupeau d'oies le survola en un V désordonné. C'était une magnifique journée d'automne dans une nature resplendissante, un spectacle pour lequel certains de ses riches amis auraient déboursé une belle somme.

À la périphérie de la petite ville, il se tenait aussi près qu'il l'osait des zones d'ombre. Il ne voulait pas s'attirer l'attention des Lexers qui rôdaient sûrement dans les parages. Il fut stupéfait cependant de trouver la place du village vide. C'était une ville fantôme, dans le bon sens du terme. L'épicerie principale affichait une pancarte à l'avant offrant de l'essence et de la nourriture à l'intérieur, ainsi qu'un hébergement à Kingdom Come. Il continua d'avancer sur des chemins de terre battue et passa devant une ferme cerclée d'une solide clôture, avant de tourner à gauche sur Kingdom Road. Il avait si souvent entendu les indications topographiques à la radio qu'il pouvait les ressortir par cœur.

Sur le bord de la route, il aperçut une cabane sur pilotis. Un type âgé, semblait-il, de moins de vingt ans et arborant une curieuse queue de cheval blond platine et un fusil en descendit pour le saluer.

« Bonjour, moi c'est Caleb. »

Il serra la main du gamin.

« Peter.

— Tu comptes rester parmi nous ?

— Je pense que oui. »

Peter leva les yeux vers la femme aux cheveux de jais en brosse qui se dressait sur la plate-forme de la cabane, le fusil braqué sur lui. Il lui adressa un sourire et elle eut un petit rictus.

« Ça a été un long périple.

— Oui, tu m'as l'air de revenir de loin, mon gars », dit Caleb dans un rire.

Le jean tout propre que Peter avait lavé chez Chuck pour son trajet d'une journée était maintenant noir de boue, et sa chemise sous son manteau n'était pas en bien meilleur état.

« Tu veux qu'on te raccompagne jusqu'à la porte ? demanda Caleb en pointant le doigt vers un 4x4. C'est à environ quatre cents mètres. »

Quelques minutes plus tard, Caleb le quitta au niveau du portail de fer avec un type nommé Dan, qui le fit entrer par une porte latérale. Il lui serra la main et le présenta à une femme et un homme assis à une table pliante. Peter était si préoccupé par la question qui le taraudait qu'il ne retint pas leurs noms.

« Normalement, on a un camion ici, mais il est de sortie aujourd'hui, expliqua Dan. Je peux te conduire à la ferme si tu veux. Ce n'est pas loin. »

Peter hocha la tête. Ils avaient tous l'air parfaitement détendus, mais il ne pouvait pas se relaxer tant qu'il n'avait pas l'information qu'il attendait. Il retira sa veste et l'enfila dans son sac à dos, car il transpirait plus à présent que durant le trajet à vélo.

« Est-ce qu'une femme du nom de Cassie Forrest est arrivée ici avec un groupe de personnes ? Ils connaissent Adrian. »

Les plis autour des yeux de Dan s'approfondirent au moment où il lui sourit.

« Bien sûr, ils sont arrivés ici il y a un mois environ, je crois. Avec une gamine, Bits, et les autres. Tu les connais ? »

Bits était là. Peter se sentit si léger qu'il crut sentir ses bottes quitter la terre ferme. Tout devint flou, mais cette fois il ne se mordit pas l'intérieur de la joue pour bloquer ses larmes. Bits était là. Il ne lui demanda même pas qui étaient les autres, au cas où Dan aurait oublié de mentionner quelqu'un. Il n'osa pas poser de questions sur Ana. Si quelque chose lui était arrivé, il voulait que ce soit Cassie qui l'en informe.

« Oui », répondit simplement Peter en s'essuyant les yeux.

Dan, qui avait l'air heureux pour lui, eut un grand sourit. De vraies retrouvailles étaient un fait rare par les temps qui couraient.

« Oui, je les connais.

— Appelle Cass à la radio », dit Dan au type assis à la table.

Puis il posa une main sur l'épaule de Peter et lui indiqua la route.

Pendant que Dan parlait, Peter hochait la tête, sans vraiment écouter. Il regardait les feuilles dorées et rouges flotter jusqu'au chemin de terre et priait pour qu'elles soient toutes là. Puis il entendit autre chose que la voix amicale de Dan – le bruit de pieds nus frappant le sol. Il ne connaissait qu'une seule personne qui courait pieds nus autant qu'elle le pouvait.

Levant les yeux, Peter vit Cassie venir à sa rencontre au détour du chemin. Elle se figea, bouche bée, ses yeux s'écarquillèrent, comme si elle avait été incertaine jusqu'au dernier moment que c'était bien lui.

« Peter ! » cria-t-elle, avant d'accourir vers lui.

Elle éclata alors d'un grand rire insouciant, souriant jusqu'aux oreilles, et il fut presque certain qu'ils avaient tous réussi à se mettre en sécurité. Mais quoi qu'il fût arrivé en route, il savait qu'il avait encore sa fille adoptive et sa meilleure amie. Il avait encore sa famille. Il était rentré chez lui.

SARAH LYONS FLEMING est née à Brooklyn, où elle a grandi, et vit actuellement dans l'Oregon avec sa famille, entourée d'une quantité insuffisante, à son avis, de provisions pour une éventuelle apocalypse de zombies. Mais elle travaille à accroître ses réserves.

Pour suivre les prochaines dates de parution, inscrivez-vous à sa newsletter.

Découvrez les autres romans de cette autrice sur www.sarahlyonsfleming.com

Série *Jusqu'à la fin du monde*
Jusqu'à la fin du monde (Livre 1)
Adieu la compagnie (Roman court, Livre 1.5)
And After (Livre 2)
All the Stars in the Sky (Livre 3)

Série *The City*
Mordacious (Book 1)
Peripeteia (Book 2)
Instauration (Book 3)

Série The Cascadia
World Departed (Book 1)
World Between (Book 2, coming in 2021)

Remerciements

Je vais rester concise, parce qu'après tout, il s'agit d'un court récit. Merci à mes chers parents qui ont toujours lu et relu mon travail. Récemment, j'ai constaté avec surprise que souvent, les familles d'écrivains ne lisent pas leurs œuvres. Je savais déjà que j'avais de la chance, mais je dois admettre que j'ai décroché le gros lot !

À mes adorables amis et lecteurs de la première heure, qui laissent tomber toutes leurs lectures pour se plonger dans mon livre. Merci à Allie, Danielle et Jamie !

Sans oublier quelques tonneaux d'amour et de reconnaissance à mon mari, Will, qui lit mes œuvres d'un œil alerte, avec une compréhension de l'art de l'écriture bien plus fine que la mienne, et qui m'encourage à approfondir mes idées et à trouver les mots justes pour décrire ce que j'ai déterré.

Podium

www.ingramcontent.com/pod-product-compliance
Lightning Source LLC
Chambersburg PA
CBHW020659120726
47906CB00001B/339